ちょっと一杯のはずだったのに

矢嶋直弥《やしまなおや》は、猛烈な寒気とともに目を覚ました。

また、やってしまったか。

ちょっと一杯のはずだったが、結局、昨日も痛飲してしまった。一軒目は神楽坂のいつもの店だったが、飲み会の後半以降の記憶がない。

何とかタクシーで帰ってはきたようだが、玄関に入るや否や床の上で寝てしまったらしい。まだ屋内だから凍死こそしなかったが、体がカチカチに固まっていて起き上がるにも苦労する。ここ数日風邪気味だったのに、こんな生活をしていたらますます悪化してしまう。急に猛烈な喉の渇きを覚え、よろめきながらも立ち上がり、キッチンの蛇口を捻《ひね》りコップに水道水を注ぎこむ。

ユニットバスで熱いシャワーを浴びる。

熱いお湯が全身を滴り落ちると、やっと体の震えも落ち着いて徐々に昨日の記憶が蘇《よみがえ》る。一軒目のいつもの居酒屋で番組スタッフと飲んだのは覚えている。あっという間に五合の焼酎瓶が二本空いて三本目を頼んだはずだ。

しかし、その後の記憶が曖昧だった。いや、曖昧というよりも、きれいさっぱり覚えていない。そのままタクシーに乗って家に帰ったか、それとももう一軒行ったのか……。

バスタオルで全身を拭き終わって、やっと一息ついた。

よく見ると左肘《ひだりひじ》に怪我《けが》をしていた。軽く痣《あざ》になっていて、患部を押すと結構痛い。何かにぶつけたのか、それともどこかでこけたのか。

トランクスを穿《は》いて、スマホを探してみるが見当たらない。

しょうがないので、家の固定電話から自分のスマホに電話を掛けてみる。すると、玄関の靴の中から着信音が聞こえてきた。

すぐにスマホを拾ってチェックすると、着信履歴が三件あった。

一つ目は今さっき自分が掛けた自宅の番号で、後の二件は上司の石丸雅史《いしまるまさし》編成部長からだった。留守電を聞くと石丸からメッセージが残っていて、『折り返しすぐに電話しろ』とのことだった。矢嶋はそれを消去して、他のメッセージがないかもう一度留守電を確認する。

ＬＩＮＥの既読メッセージに気が付いた。

『大事な話があるから、今晩中に部屋に来てくれない？』

一本目の焼酎が空いた頃に、恋人であり矢嶋の担当番組のパーソナリティでもある西園寺《さいおんじ》沙也加《さやか》から、そのメッセージが着信したのを思い出した。結局、自分はその後、沙也加の部屋に行ったのだろうか。一軒目の店を出た以降の記憶を、もう一度懸命に思い出してみる。

『そんなに酔っぱらっていたら、今日は、ちょっと真面目な話は無理ね』

フラッシュバックのように、部屋での沙也加のセリフが蘇った。

そうだった。

昨日、自分は確かに居酒屋を出て、駅前でタクシーを拾い沙也加の部屋に行った。

しかしかなり酔っぱらっていたようで、沙也加が話したかった大事な話にはならなかった。

沙也加が話したかった大事な話とは何だったのか。やはり、生理が遅れていることに関係するのだろうか。

しかしもはやそれ以上は、何も思い出せなかった。

自分は、沙也加の部屋で何か失礼なことをしなかっただろうか。沙也加は自分の大事な恋人であり、しかも自分が担当するラジオ番組の人気パーソナリティだ。矢嶋は急に不安になった。以前、締め切り前の仕事場でくだを巻き、一週間、口をきいてもらえないことがあった。

彼女の本業は漫画家で、特にそのペンネームと同名の女探偵が活躍する『名探偵・西園寺沙也加の事件簿』は、単行本の累計が一〇〇〇万部を超える大ベストセラーだった。最近では文化人として、雑誌やテレビでその顔を見掛けることもあった。ちなみにアシスタントを使わない彼女の作画スタイルで、どうやってそれだけの仕事量をこなしているのかは、業界の七不思議とも言われている。しかしそんな忙しさの中でも、西園寺沙也加の漫画は、常に読者の人気アンケートのトップを走り続けていた。

第一章

「ヤッシー。キューシートが出来上がったら、新しく作り直したステッカーのチェックお願いね」

副調整室からADの小林《こばやし》の声が聞こえてきた。

「あ、はい。今、終わりましたから。すぐ行きます」

ミキシング卓の上にサンプラーと呼ばれる白い機械が置かれている。ボタンをポンと押すと音が出るので「ポン出し」とも呼ばれるその機械には、小さなボタンが二〇個ぐらい並んでいる。

『西園寺沙也加のミステリーナイツ　ブロッチュウバイアキハバラFM』

『エイティファイブポイントオーオー　サヤーカサイオンジ　ミステリーナイツ』

矢嶋がボタンを押すと、軽快なBGMに乗せて渋い男性の声が流れる。FMならばステッカー、AMならばジングルと呼ばれるその短い音楽は、DJの名前や番組名をリスナーに認知させるために、番組冒頭やCMの前後に使われる。

その隣には、『ピンポーン』『ブー』などといったクイズコーナーの効果音のボタンも配置されていて、いずれもすぐに再生できるようになっている。さらにその隣の『パンパカパーン、パンパパパーン』というベタなファンファーレは、プレゼントの当選者発表などに欠くことのできない効果音だ。

秋葉原ＦＭは、かつて家電量販店があったビルのワンフロアを間借りしていた。

終戦時、焼け野原だった秋葉原には多くの闇市が立っていたが、それが世界的に有名な電気街となったのは、ラジオがきっかけだった。近隣の電機工業《でんきこうぎょう》専門学校（今の東京電機大学《とうきょうでんき》）の学生がアルバイトでラジオを組み立て販売したところ、これが爆発的にヒットした。するとすぐに真空管や電気部品を扱う露天商が、秋葉原に一気に店を出した。

その後民放ラジオやテレビの開局に伴い、秋葉原は家電の街として急成長したが、バブル崩壊などで一般家電の売れ行きが鈍ると、ゲーム機やパソコン、さらにはそのコンテンツだった美少女アニメや漫画などのサブカルを扱う店舗が増えた。そしてさらには、メイドカフェやＡＫＢ48、そしてでんぱ組．ｉｎｃなどのリアルな女の子が活躍する場所も急増した。

その立地のせいか、秋葉原ＦＭでは声優やアイドル、そして漫画家などのクリエーターがパーソナリティを務めるサブカル色の強い番組が多く、中でも『西園寺沙也加のミステリーナイツ』は、三本の指に入る人気番組だった。

『西園寺沙也加のミステリー……西園寺沙也加のミステリー……西園寺沙也加のミステリー……』

サンプラーのボタンを二度押しすると、音は即時に中断されて最初から再生される。

「小林さん、西園寺沙也加っていうナレーションの直前、BGMレベルが極端に下がっていませんか。もっと自然な感じの方がよくないですかね」

極端にBGMが下がってしまうADの小林の癖が気になっていた。

「うーん、そうかな。俺はこっちの方がカッコいいと思うけど。テンポもあるしさ」

「いやでも、どうですかねー」

ADとはいえ小林は矢嶋より五つも年上だ。指示の一つひとつにも気を遣う。

「確かに、ヤッシーの言う方が自然かもしれないけど、逆に西園寺沙也加っていうナレーションがつぶれちゃって聴こえづらいんだよね。ステッカーってさ、言ってみれば番組の顔じゃん。だからカッコよさも大事だし、初めて番組聴いた人に誰が喋《しゃべ》っているかを確実に伝えるっていう役割もあるわけだよね」

確かにそう言われてみれば、その通りかもと矢嶋は思った。

小林は制作会社から派遣されたベテランのADだ。社員だからという理由だけでディレクターを任されている矢嶋とは、歴然たる経験の差があった。

「石丸さんの時もこんな感じだったよ。それにさ、こんなステッカーの些細《ささい》なBGレベル、実際のラジオで聴いたら全然気にならないよ」

石丸とはこの番組の初代ディレクターで、今やこの秋葉原FMの編成部長の石丸雅史のことだった。小林はその石丸に引っ張られて長年この番組のADを担当していた。

「わかりました。じゃあステッカーはこれでOKなので、あとは曲のタイミングをお願いします」

「了解」

石丸の名前を出されてしまうと、矢嶋としては黙らざるを得なかった。

タイミングとは、曲のイントロやワンコーラスやツーコーラスの歌い終わりのラップタイムのことである。パーソナリティがイントロぴったりに曲紹介をしたり、歌い終わりの直後に曲をBGMにして喋り出したりできるように、スタッフは事前にそのラップタイムをキューシートに書き込んでおく。

「矢嶋さーん。さっきから何度も電話しているんですけどぉ、やっぱり沙也加さん、電話に出てくれないんですよぉ」

受話器を片手にバイトの恵梨香《えりか》が甘ったれた声でそう言った。矢嶋がスタジオの時計を見上げると、一秒たりとも遅れないはずのスタジオの時計が、いよいよ本番まであと四〇分しかないことを示していた。

しかし生放送のこのスタジオには、まだ肝心のパーソナリティ・西園寺沙也加の姿がなかった。

「またか」

矢嶋は小声でそう呟《つぶや》くと、自分のスマホをタッチする。五回、六回……、西園寺沙也加の自宅の電話は、一〇回目の呼び出し音が鳴ったところで留守電に切り替わった。既にメッセージは三回も残しているから、どうやら今夜は重症のようだ。

「小林さん、また沙也加さんが寝坊しているみたいなんで、ちょっと起こしに行ってきます」

CDプレーヤーに向かって作業をしていた小林は、振り向きもせずに手を振った。


西園寺沙也加は秋葉原FMから歩いて一〇分のところに住んでいた。

億という金を稼ぐ人気漫画家の沙也加だったが、「クールジャパンの発信地だから」「同人漫画の傾向がチェックできるから」「メイドカフェの女の子を見るとテンションが上がるから」そして結局は「引越しが面倒くさいから」と、なんだかんだと理由をつけては、最初に購入した中古マンションから移るのを嫌がった。

しかし秋葉原FMのパーソナリティとしては、それはとても都合がよかった。

西園寺沙也加のラジオは、火曜日の深夜一時からの生放送だった。しかし火曜日は彼女が漫画の締め切りに追われることが多く、この『ミステリーナイツ』の生放送の直前まで、原稿を描いていることが多かった。

それはそれで大変なのだが、原稿が描き上がった時の方が厄介だった。数日間に及ぶ完全徹夜で原稿を仕上げた沙也加が爆睡してしまうと、今日みたいに生放送の時間になっても目が覚めないことがあるからだ。

「西山《にしやま》さん、西山さん。管理人の森《もり》ですが起きてください」

マンションのドアを叩《たた》きながら、厚手のコートを着た初老の男がそう怒鳴《どな》る。西園寺沙也加が住んでいる『メゾン・ド・秋葉原』一〇階の一〇〇五号室のドアの前には、一二月の冷たい雨が横殴りに降りつけていた。矢嶋は管理人の森健一郎《けんいちろう》の後ろで、体を震わせ足踏みをしながらドアが開くのを待っている。両手をすり合わせ白い息を吐きつけるが、みぞれ交じりの強風が、ダウンジャケットを通り抜け矢嶋の体温を奪っていく。

「西山さん、西山沙綾《さあや》さーん。聞こえますかー」

管理人の森がさらに大きな声を出し何度もチャイムを押すが、応答はない。ちなみに西園寺沙也加というのはペンネームで、西山沙綾というのが彼女の本名だった。

「沙也加さーん。矢嶋です。生放送、はじまっちゃいますよ」

続いて矢嶋がそう叫んだ。矢嶋は西山沙綾という本名を知ってはいたが、仕事柄、彼女のことはペンネームの方で呼んでいた。それはプライベートで二人で会話をする時も同様だった。

「森さん。また、鍵《かぎ》、開けちゃってもらえますか。もう時間もないですし」

矢嶋が腕時計を見ながらそう言った。

「いやいや、ご本人の了解を得ずに勝手に鍵を開けるわけにはいきませんよ。こういうのは、本当は警察が立ち会わないといけないんですよ」

確かにその通りだろうが、そんなことをしていたら生放送がはじまってしまう。

「前に同じようなことがあった時も、結局、中で寝てたじゃないですか」

彼女が寝坊してスタジオに来ないのは、もうこれで四回目だった。火曜日の夜はこの森の当番日なので、いくらドアを叩いても彼女が起きてこないことは、お互いによくわかっていた。

「西山さーん。西山沙綾さーん」

森は隣の部屋を気にしながらも、再びチャイムを押した。

「でも、この前、沙也加さんも言ってたじゃないですか。同じように起きないことがあったら、鍵を開けてもらって構わないって」

「まあ、確かにそうはおっしゃっていましたが、本当はそんなことはしちゃいけないんですよ」

森の立場もわからないではなかった。ただの雇われの管理人に、妙齢の女性の住む部屋の鍵をおいそれと開ける権限はないはずだ。

「西山さん、西山さん。いらっしゃいますか。矢嶋さんが待ってますよ」

森が控え気味にドアを叩きながら叫んだが、相変わらず中から反応はない。矢嶋が腕の時計に目を落とすと、いよいよ生放送スタートまで残り二〇分を切ってしまった。

「沙也加さん！　西園寺沙也加さん！　起きてください。生放送はじまっちゃいますよ！　沙也加さん！」

矢嶋は森を押しのけると、渾身《こんしん》の力でドアを叩きながら大きな声でそう叫んだ。

「ちょっと、ちょっと矢嶋さん。ご近所の方もいらっしゃるんだから、そんなに大きな声を出さないでください」

森が口を尖《とが》らせて制止する。隣の部屋の明かりが消えているのは、まだ住人が帰宅していないからなのか、それとももう既に寝てしまったか。

「だから、森さん。もう、鍵開けちゃいましょうよ」

「あと何分ですか」

「えぇっと。本番がはじまるまで、あと一八分三〇秒です」

矢嶋は腕時計を見ながらそう答えた。

今、鍵を開けてもらって沙也加を叩き起こし、下で待機しているタクシーに乗せればなんとかギリギリ間に合うはずだ。

秋葉原ＦＭにも立派な生放送スタジオが二つあり、通常生放送はそのどちらかのスタジオから送出される。しかし絶対にそのスタジオで喋らなければ、生放送ができないというわけではない。ラジオナイターは、アナウンサーが野球場で喋った実況と球場の音声ノイズを、生放送スタジオに特殊な電話回線で送っている。それをスタジオのミキサー卓でステッカー（ジングル）とミックスし、さらにマスターでＣＭを挿入したものを、スカイツリーに送り電波で送出している。

つまりパーソナリティが喋る場所は、ラジオ局の生放送スタジオである必要はなく、ホテルでもマンションでも、マイクさえ繋《つな》がっていれば基本的に生放送はできる。極端な話、もはや放送用のマイクすら必要なく、最近のスマホのマイク機能の向上により、スマホの回線をスタジオのミキサー卓に繋げさえすれば、どこからでも生放送をすることができた。ラジオ局はリスナーと電話で話すことが多いため、必ずスタジオのミキサー卓に電話回線が数本繋げられるように設計されているので、それは技術的にも簡単だった。

前回、沙也加が生放送前に眠りこけてしまった時は、どう頑張っても秋葉原ＦＭに戻れないタイミングだった。

ラジオの生放送にとって、ピンチが最大のチャンスになることがある。

前回矢嶋は、敢《あ》えて沙也加を起こさなかった。そして生放送スタートと同時にスタジオと繋げた矢嶋のスマホを、沙也加の耳に押し付けた。そしてさすがに目を覚ました沙也加が、徐々に何が起こっているかを理解しパニックに陥っていく様子を、そっくりそのままオンエアーした。その時の放送は大きな話題となって、ｒａｄｉｋｏ《ラジコ》の再生回数が過去最高を記録した。

ちなみにｒａｄｉｋｏとはスマホやパソコンでラジオが聴けるサービスで、タイムフリーという聴き逃し機能を導入した結果、この『ミステリーナイツ』や『オールナイトニッポン』のような深夜の若者向けラジオ番組が劇的に復活した。

とにかくこのドアさえ開けてもらえれば、なんとかなると矢嶋は思っていた。

「森さん、お願いしますよ。何かあったら秋葉原ＦＭが責任を取りますから」

「もうしょうがないですね。今回が最後ですよ。次からは絶対に合鍵を作ってもらってくださいね」

森はしぶしぶそう言うと、ジャリジャリと音を立てながら鎖に繋がった一〇〇五号室のスペアキーを取り出した。今夜はどんな演出で起こそうかと矢嶋が思っていると、「ガチャリ」という音とともに鍵が外れる音がした。

「西山さーん、入りますよ」

森がそう言いながら玄関に入り、矢嶋も森の背中に付いていく。外の寒さに較《くら》べれば、部屋の中は天国のように暖かい。森が玄関左壁のスイッチを押すと、まっすぐに伸びる廊下が見えた。

「西山さん、いらっしゃいますか」

森が玄関から声を掛けるが、物音一つ聞こえない。

「……いないんですかね」

森が矢嶋の顔を見てそう言った。

「いや、まさか。上がってみましょう」

二人は靴を脱いで廊下を進む。矢嶋は何度もこの部屋に来たことがあるので、廊下の突き当たりのリビングを沙也加が仕事場にしていることを知っていた。かつて何度か彼女を起こしに来た時は、そのリビングのソファの上で死んだように眠っていた。もう少しましな時は、右側のベッドルームのベッドの上で、やはり死んだように寝入っていた。

「西山さん。管理人の森です。お邪魔させていただきますよ」

森はそう言いながら廊下をまっすぐ進んでいく。

玄関を上がってすぐ左の部屋のドアは閉まっていたが、右のベッドルームのドアは開いていた。矢嶋は試しにベッドルームに一歩踏み込み、中の様子を覗《のぞ》いてみる。しかし真っ暗な部屋の中には、ベッドとサイドテーブルがあるだけで、沙也加らしき人影はない。

やはり、今回もリビングのソファに寝ているのだろう。矢嶋はそう思いながらすぐにベッドルームを出ようとすると、ダウンコートの金具か何かがドアにぶつかり鈍い金属的な音を立てた。

「どうですか」

矢嶋が部屋を出ると、森が振り返りながらそう訊《たず》ねてきた。

「いいえ。やっぱり、ベッドルームにはいませんね」

矢嶋がそう答えると森は小さく頷《うなず》き、前を向いて進み出した。

「西山さーん。矢嶋さんが来ましたよ。ラジオの生放送の時間ですよ。遅刻しますよ」

森はどんどん廊下を進み、正面のリビングに続くドアを開けた。矢嶋もすぐに森を追って、暗い廊下を足早に進んだ。

「西山さーん、西山さーん」

矢嶋が森に続いてリビングに入った時には、森が片膝を突いて床の何かをさすっていた。向かいのマンションの灯りだけでは、部屋の中は暗くて今ひとつよくわからない。そこはかとない異臭がするのが気になりつつも、矢嶋は壁にあるスイッチを入れた。天井の灯りが一瞬にして部屋を照らす。

森がさすっていたのは裸の女性の体だった。

「西山さん、に、し、や、ま……」

森の声が止まる。

「沙也加」

矢嶋もそう言った後に、言葉をなくした。

リビングの床の上には、変わり果てた西園寺沙也加こと西山沙綾の白い死体がうつ伏せに横たわっていた。

彼女のきれいに手入れされたくるくるの巻き髪がその表情を隠してはいたが、上半身は裸で、下半身もベージュのショーツ一枚を身に着けていただけだった。その隣には、脱ぎ捨てられたようにピンクのセーターとジーンズが無造作に置かれている。

「沙也加」

矢嶋は恋人の死体に飛びつくと、その体を引き起こした。そしてその首に、黄色いネクタイが巻かれていることに気がついた。

それはどこかで見た覚えのある黄色いストライプ柄のネクタイだった。

しかしその記憶をたどる前に、矢嶋にはやらなくてはならないことが山のようにあった。

「森さん。警察に連絡してください」

矢嶋はそう言いながら腕の時計をチェックした。本番がはじまる深夜一時まで残り一〇分を切っていた。

矢嶋は今夜の放送をどうするべきか頭をフル回転させる。

ラジオの生放送にとって、ピンチは最大のチャンスになる。この大ピンチを大チャンスにする方法はないものか。

しかし肝心のパーソナリティがいない。いないどころか、たった今、死体になっているのが発見された。これほどのピンチを挽回《ばんかい》する方法は、恋人の死に直面しパニック状態に陥った矢嶋でなくとも、思い付くものではなかっただろう。

警視庁捜査一課の瀬口守《せぐちまもる》が現着した時、『メゾン・ド・秋葉原』の周りには複数のパトカーの赤いパトランプが廻《まわ》っていた。美少女アニメの看板や家電商品の派手なディスプレイで雑然とする秋葉原駅前から歩いて五分、やっとまともな街並みになった一角にそのマンションはあった。

しかしテレビの速報でも入ったのだろうか、深夜にもかかわらずマンションの入り口には人だかりができていて、制服の警察官がやじ馬の整理に追われている。みぞれ交じりの雨こそ上がったが、えらく冷える夜で口から出る息が白かった。

瀬口はマンションのエントランスには入らず、くたびれたベージュのトレンチコートの襟を立て、ぐるりとマンションを一周しようと歩を進める。『メゾン・ド・秋葉原』は洋風レンガが外壁に使われている瀟洒《しょうしゃ》なマンションだった。地上一〇階建てで、各階につき五つの部屋があるようだ。マンションの前に植え込みがあり、細い道路を隔ててすぐ近くに同じようなタイプのマンションが立っている。その向かいのマンションの通路から、事件があった部屋を指差して話をしている住人の姿が見えた。

瀬口はちょうどエントランスの反対側で足を止めた。そこにはマンションの共用ゴミ置場があり、さらにその上に鉄製の非常階段が続いている。階段から道路に出る扉は施錠されており、その扉を思いっきり引っ張ってもびくともしない。乗り越えて入れないことはなさそうだったが、その場合は上方から睨《にら》んでいる防犯カメラにその姿が映し出されてしまうはずだ。

瀬口がマンション一階のエントランスに戻ってくると、制服の警察官の姿が目に入った。胸ポケットから黒い手帳を取り出すと、「ご苦労様です」の一言とともにきっちりとした敬礼を受ける。瀬口は軽く右手を頭に翳《かざ》しながら、エントランスの防犯カメラをチェックする。

インターホンはよくあるタイプだった。

集合玄関のプレートに、1から0までのボタンがある。来訪者はその番号を押して部屋の住人を呼び出すようだ。さらにその下に鍵穴が一つある。マンションの住人は、直接その鍵穴に自分の鍵を差し込んで捻ればオートロックが解除される。ちなみに今は、オートロックのドアは捜査のため全開になっている。

瀬口がエントランスから居住区域に一歩足を進めると、管理人室の紺色の制服を着ている男と目が合った。神妙そうに頭を下げる向こう側に、防犯カメラのモニターや何かの計器類が見える。このマンションは、夜間も管理人が常駐しているらしい。

　その管理人室の隣にエレベーターがあった。しかし瀬口はエレベーターは使用せず、階段ですべての階の様子を見て回る。地下二階には駐車場があり、その出入り口にも一階エントランスと同様のオートロックの集合玄関があった。そしてやはりそこにも、しっかりと防犯カメラが設置されていた。

　もうすぐ四〇歳になる瀬口にとって、地下二階から一〇階までの階段は結構きつかった。白い息を吐きながら、やっと一〇階まで上がってみると、さらに屋上に続く階段があったが、柵が閉じられしっかり施錠もされていた。

　一〇階の階段の一番手前の部屋、つまりエレベーターから一番遠い部屋が、事件現場の一〇〇五号室だった。入り口にいた警察官と目が合ったのでもう一度手帳を見せる。

　敬礼を返す間にも瀬口の目は天井を追った。今まで見てきた各階もそうだったが、それぞれの階には防犯カメラは設置されていない。そこにカメラがあれば何時に誰が一〇〇五号室に来たか一目瞭然だったが、さすがにプライバシーに配慮したのだろう。立ち入り禁止の黄色いテープをくぐり、やっと瀬口は殺人事件があった部屋に足を踏み入れた。

「瀬口さん、これは密室殺人かもしれませんよ」

白い手袋をつけていると、身長一九〇センチの大男が小声で話し掛けてきた。捜査一課に配属されたばかりの加藤真司《かとうしんじ》だった。

「そんな馬鹿な。小説や漫画じゃあるまいし」

「それがそうとも言えないんですよ。ここのマンションは引渡し時に住人に鍵を二つしか渡さないそうですが、部屋の中からその鍵が二本とも発見されました。しかし死体発見時には、この部屋はしっかり施錠されていたんです」

「じゃあ、犯人が合鍵を作っただけだ」

「いや、このマンションの鍵は特許の問題とかで、指定の業者にしか絶対に合鍵が作れないんですよ。どうしても作りたい時は管理会社経由で申し込むそうですが、ガイシャやその家族が合鍵を頼んだことはないそうです」

「誰がそんなことを言っていたんだ」

「管理人です。管理人が間違いないと断言していました」

「じゃあ簡単だ。犯人はこのマンションの管理人だ」

不満気な加藤を無視して、瀬口は靴を脱いで廊下に上がる。上がってすぐ左右に部屋があり、右側の部屋はベッドルームだった。

「その右のベッドルームの床に、鍵が落ちていたんです」

窓際の床の部分に、チョークで白い丸が書かれていた。

「こんなところにか」

ベッドの隣のサイドテーブルの上に置いてあったならばわからなくもないが、鍵の置き場所としては不自然だった。

瀬口は左の部屋のドアを開ける。その部屋には、ミニシアターのような巨大スクリーン、さらにテレビ、オーディオ、ゲームなどの家電製品が山のように置かれていた。きっとオーディオルームみたいな部屋だったのだろう。

「ガイシャの名前は西山沙綾。西園寺沙也加というペンネームのベストセラー漫画家ですが、さすがに瀬口さんもご存じですよね」

「ああ。一応、名前だけはな。作品は読んだことはないが」

「売れっ子漫画家なので、金は腐るほどあったんでしょうね。ブランドバッグの大人買いとかはよく耳にしますが、秋葉原ということもあって家電も買いまくっていたみたいです」

さらに進むと右にウオークインクローゼットがあった。家電も多いが洋服も多い。

さらにバッグと靴とその空き箱が堆《うずたか》く積まれていた。

「このウオークインクローゼットの金庫の中に、二本目の鍵であるスペアキーが入っていました。しかもその金庫の鍵はかかっていました」

「現金は大丈夫だったのか」

「ざっと二〇〇〇万円ほど金庫の中に入っていたそうです。さらに銀行には億単位の預金があるらしく、そうなるとここで一〇万や二〇万盗まれていても、本人じゃなければわかりませんね。いや、本人でもわからないかもしれません」

「部屋が荒らされた形跡は」

「ありません。ダイヤの指輪や真珠のネックレスも、洗面台に無造作に置かれていました」

「物取りの可能性は薄いということか」

「そのようですね」

　ウオークインクローゼットの反対側には、トイレとバスルームがあった。トイレのドアを開けると自動的に便器の蓋が開いたので驚いた。温水洗浄便座にも、たくさんのボタンが付いていていた。

　バスルームには小さなテレビがついていた。バスタブには水が張られていて、様々な泡が出るジェットバスのようだった。脱衣所には乾燥機と兼用できるドラム式の洗濯機があり、さらに足下に最新型のお掃除ロボットが充電器の上で鎮座していた。洗面所の棚には電動歯ブラシ、ドライヤー、さらに男の瀬口にはわからない美容器具のようなものが所狭しと置かれていて、コンセントは様々な家電から伸びたコードで塞がっていた。

廊下のその先は、カウンターキッチンと一体型のだだっ広いリビングだった。

その床にベージュのショーツを着けただけの被害者の死体が横たわっている。瀬口はそっと両手を合わせる。若くてきれいな女性なのに、こんなに長時間半裸で放置されているのを気の毒に思った。やっと鑑識は終わったが、この後遺体は大学病院に運ばれて、そこで今度は司法解剖を受けなければならない。

黙とうを終えると、瀬口はキッチンの様子を調べはじめる。

大容量の冷蔵庫が目に入った。中を覗くと缶ビールとワイン、牛乳、そして大量の栄養ドリンクが入っている。キッチンも最新家電がこれでもかと置かれていた。電子レンジ、ノンフライオーブン、ＩＨ炊飯器、エスプレッソマシーン、ヨーグルトメーカー、そして大きめの見慣れない箱型の機械があった。

「最新型の食器洗浄機ですよ。これだけキッチンが広いと、そんなのを置いても邪魔にならないからいいですよね」

聞いてもいないのに加藤が教えてくれた。その機械の蓋を開けてみると、確かに中にきれいに洗われた皿や茶碗が入っている。

「リビングが仕事場だったようですね」

彼女はリビングで漫画を描いていたようだった。資料用らしき大きな本立て、プリンター、そして作業用の大きなデスクがあった。デスクの上にはパソコンと接続された黒い横長の機械と、おもちゃのようなペンがある。

「最近の漫画はコンピューターで描くらしいですよ。そのペンみたいなもので機械の画面をなぞると、パソコン上に線が引けるんですよ」

実際に瀬口がそのペンを使って画面をなぞると、パソコンに拙《つたな》い線が引けた。

「着色もスクリーントーンもパソコン上でやるそうです。時代は変わりましたね」

リビングにテレビはなかった。その代わりなのか、この家電の城のような部屋にしては随分ミスマッチな小さな古いラジカセが一台置かれていた。これだけの家電を持ちながら、この部屋の主は仕事中もっぱらこの古いラジカセを愛用していたようだった。

「そう言えば、ガイシャはラジオのパーソナリティもやってたんだよな」

「はい、そうです」

瀬口がラジオのスイッチを入れると音楽が流れ出した。ラジオの周波数を確認すると、どうやら秋葉原FMのようだった。

他に簡単な応接セットとソファがあるだけだった。このリビングにある家電といえば、あとはエアコンぐらいのものだろうか。

被害者の近くにはピンクのセーターとジーンズが脱ぎ捨てられていた。近くに姿見があるのでここで着替えをしていたのだろうか。それとも風呂に入ろうとしたところを殺されたのか。

「風呂の水は張られていたんだよな」

「そうです」

「カーテンは開いたままだったのか」

「はい」

ちょっとした違和感を覚えた。瀬口の全身を映したその長細い鏡は、隣のマンションの通路の様子も映していた。

「部屋の明かりは消えていたんだよな」

「はい、そうです」

犯行時は真っ暗だったのだろうか。その辺のことは鑑識の結果を待てば、すぐにわかるだろう。

「瀬口さん、変質者の犯行ということは考えられますかね」

「一応、検討すべきだろうな。これだけの美人だからな」

そう言いながらも、瀬口は跪《ひざまず》いて死体の状況を確認する。

「そうですよね。ガイシャには熱狂的なファンやアンチも多かったようですし」

「しかしもしそうだったら、部屋に抗《あらが》った痕跡がないのが不自然だな」

現場の状況から推理すると、この事件は痴情の縺《もつ》れや、身近な顔見知りによる犯行ではないかと瀬口は思った。

「部屋が密室状態だから、自殺という可能性もありますよね」

加藤がそう言ったのは、被害者の首に黄色いネクタイが巻かれていたからだった。

「うーん、鑑識の結果次第だが、自殺ということはまずないだろう」

「そうなんですか」

「ほら、よく見ろ。このネクタイは首に巻かれているだけだろう」

瀬口は首に巻かれたネクタイの交差している部分を指で指した。

「もしもここに結び目があれば、自殺の可能性もある。しかし、ネクタイを自分の両手で引っ張るだけでは自殺はできない。どんなに意志が強い人間でも、意識を失った時に緩んでしまうからだ。しかしもしもここに結び目があれば、苦しくなって自分でほどこうとしてもすぐにはできない。その間に酸欠になって、死んでしまうことならばありえるが」

「そうですか。それではやはり、これは密室状態での殺人事件ですかね」

瀬口はため息交じりに、この巨体の若い刑事の顔を見上げる。

「加藤、お前、密室、密室って言うけど、本当にすべての部屋の窓の鍵は閉まっていたのか」

「ベランダ側はすべて閉まっていました。反対側の通路側もベッドルームの窓の鍵は閉まっていました」

「オーディオルームみたいな部屋の窓はどうだったんだ」

「鍵は開いていました」

「じゃあ、密室じゃないじゃないか」

「しかしその窓には鉄格子みたいな柵が嵌められていて、そこから人が出入りすることは不可能です。さらにそのオーディオルームのような部屋から廊下に出入りするドアは閉まっていたので、外から何かを飛ばしたりしても、このリビングや他の部屋に何か届かせるのは難しいかと思います」

「その鉄格子みたいな柵は、外されたような形跡はなかったのか」

「頑丈に固定されていて、実際に引っ張ってみましたがビクともしませんでした」

瀬口はくたびれたトレンチコートに両手を突っ込みちょっと考える。

「なるほど。確かに密室状態での殺人ではあるな。しかしまずは死亡時間の特定だ。このマンションは出入りする時に必ず防犯カメラでチェックされる。死亡推定時刻の人の流れをチェックすれば、容疑者の特定は案外簡単かもしれないぞ」

第二章

警察から矢嶋に連絡があったのは、その数日後のことだった。

あくまで任意の事情聴取ということだったが、その電話には有無を言わせぬ迫力があった。万世橋《まんせいばし》警察署は、秋葉原駅から徒歩二分、秋葉原FMから五分とかからないところにあった。夜の生放送を控えていた矢嶋は、午前一〇時に万世橋警察署の一室を訪ねた。

「あなたが西園寺沙也加さん、つまり西山沙綾さんと、最後に会ったのはいつですか」

そこに二人の刑事が待っていた。かなり広めの会議室のような部屋の一角で、茶色の長机の前の青いパイプ椅子に矢嶋は座らされた。

「一二月一日です」

「一二月一日。矢嶋さんが被害者の遺体を発見した二日前ですね」

瀬口と名乗った四〇歳ぐらいの色黒の刑事は、笑顔で矢嶋を迎えたが、その目は笑ってはいなかった。もう一人の加藤という若い刑事は、まるでラグビー日本代表のような巨体で、身長一六〇センチの矢嶋よりも頭二つ分大きく、体重に至っては倍ぐらいあるのではと矢嶋は思った。

「はい、そうです」

「時間は何時ぐらいですか」

質問をするのは加藤の役割のようで、瀬口という目付きの鋭い刑事が後ろ手を組んで聞いている。

「夜です。多分、夜の一一時ぐらいだったと思いますが」

「夜の一一時。間違いありませんね」

「いや、その時はかなり酔っぱらっていたので、正確な時間はちょっとわからないのですが……」

「どういうことですか」

「いや、その前の居酒屋で飲みすぎまして、彼女のマンションに行ったのは確かですが、時間なんかはあまりよく覚えていないんですよ」

「矢嶋さん。あなたは被害者の部屋に、何をしに行ったんですか」

「彼女から、大事な用事があるんでその日中にマンションで会えないかというLINEがあったので」

「そういうことは、今まで何回かあったのですか」

「ええ。忙しい人なので、仕事の打ち合わせを彼女のマンションで深夜に行ったりすることもありました。それに……」

矢嶋の言葉が止まったので、パソコンを打っていた加藤の視線が上がる。矢嶋は話すか話すまいか迷ったが、いずれどこかでばれてしまうだろうと思い言葉を続けた。

「僕は彼女と個人的にも親しかったので、プライベートな用事で沙也加の部屋に行くことはありました」

加藤がちょっと驚いたような表情で瀬口を見る。それに気付いた瀬口は、加藤に何かを催促するような目線を送った。

「それは、男女関係があったと理解してよろしいですか」

巨体の刑事が単刀直入に聞いてきた。

「ええ、まあそういうことになります」

その瞬間、瀬口の目がギラリと光ったように見えて、矢嶋の心臓は早鐘のように鳴った。

「それはいつぐらいからですか」

「一年ぐらい前からです」

ラジオ局で若い男女が一緒に仕事をしていれば、職場恋愛は普通に起こる。特にディレクターは番組を愛する延長線上で、番組のパーソナリティやアシスタントと恋愛関係になりやすかった。実際、ディレクターが、声優やアナウンサーと結婚するケースも少なくなかった。

「矢嶋さんが西園寺沙也加さん、つまり亡くなった西山沙綾さんの番組を担当になってからどのぐらい経ちますか」

「去年の一〇月からですから、もう一年ちょっとになりますね」

「ということは、矢嶋さんは彼女のラジオ番組を担当するうちに、個人的に親しくなって男女の関係が始まったというわけですね」

「はい。まあ、そういうことです」

「彼女との付き合いは順調でしたか。逆に最近喧嘩《けんか》をしたとかはありませんでしたか」

加藤が意地悪そうにそう訊《き》いてくる。

「多少の諍《いさか》いはありましたけど、基本的には順調だったと思います」

当然のように向けられる疑いの眼に耐えながら、矢嶋はなるべく冷静を装いながらそう答えた。

「本当ですか。では、二人の間に結婚の約束などはなかったのですか」

「最近、彼女に結婚を申し込んだことがありましたが、そもそも僕と結婚するメリットがないと断られました」

事件が起こる一週間ほど前に、矢嶋は酔って沙也加にプロポーズをしたことがあった。しかしその時はその場で無残に断られてしまった。

「結婚するメリットがない。それはどういう意味ですか」

「沙也加には既に一生遊んで暮らせるほどのお金がありますから、結婚による経済的なメリットはないんです。それに彼女ほどの大金持ちじゃなくても、そこそこ稼いでいる女性だったら、最近はそれほど積極的には結婚なんかしたがりませんよね」

「そんなもんですかね」

同意してくれるものと思ったが、若い加藤は意外そうにそう答えた。視線を瀬口に移すと、興味なさそうに後ろ手を組んで窓の外を眺めている。

「でも、子供は欲しがっていました。年齢的にもそろそろだったし、彼女は未婚の母になるのが夢だとも言っていました」

「確か被害者は三六歳でしたよね」

「ええ。そういう事情なので、あまり僕とは結婚する意志はなかったんだと思います。しかし、付き合い自体は順調でした」

「庶民にはお金持ちの考えることはよくわかりませんね」加藤は誰に聞かせるという

こともなくそう呟いた。「ところで矢嶋さんは、西園寺沙也加さん、つまり西山沙綾さんの自宅の合鍵を作ったこともありませんか」

「ありません。別に同棲《どうせい》をしていたわけではないので」

「それでは、被害者の家にスペアキーがあるのを知っていましたか」

「スペアキーですか？　いいえ、見たこともありませんが」

「誰か彼女以外に、あの部屋の合鍵を持っていそうな人物を知りませんか」

矢嶋はちょっと考えてしまった。

もしも矢嶋以外に沙也加が付き合っていた男がいれば、その可能性はなくはない。しかし仮にそうだったとしても、仕事柄マンションにずーっといる彼女にとって、わざわざ合鍵を作ってまで渡す必要がある人物などいるだろうか。

「さあ、どうでしょう。今まで合鍵のことなど考えたこともなかったんで、ちょっと今は思い浮かびませんが」

「そうですか」

加藤はパソコンに何かを書き込むと、今度は手元の資料を捲《めく》りはじめた。

「ところで一二月一日、矢嶋さんが最後に被害者に会った時、彼女はどんな服装をしていましたか」

「うーん、あまりよく覚えていませんね」

「覚えていない？　それはなぜですか」

「いや、先ほども言いましたが、実はあの日、僕は相当酔っぱらっていまして、沙也加の家に行ったことは辛うじて覚えているんですが、洋服とか、細かいことになると記憶が曖昧なんです。どうやって帰ったかも覚えてないんですよ」

加藤が瀬口の顔を見た。思わず矢嶋もその顔を見たが、相変わらず何を考えているのかわからない。

「矢嶋さんは、普段も結構、お酒を飲まれるんですか」

「ええ、そうですね」

「記憶をなくすぐらい飲むこともあるんですか」

「はい、恥ずかしながら。記憶をなくすことも、時々あります」

本当は、しょっちゅう記憶をなくしていた。

その時瀬口が加藤に小声で何かを囁《ささや》いた。

加藤は軽く頷くと、今度はおもむろに机の上にあった茶色の封筒から何かを取り出した。

「矢嶋さん。このネクタイに見覚えはありますか」

茶色の封筒の中から、ビニール袋に入った一本のネクタイが取り出され、矢嶋の前にそっと置かれた。

矢嶋の心臓の鼓動が一気に高まった。

「ちょ、ちょっと、よく見せてもらっていいですか」

「どうぞ」

矢嶋はそのビニール袋に入ったネクタイを手に取った。これはあの時、沙也加の首に巻かれていたネクタイだろう。

「見覚えが、ありますか」

「ちょっと待ってください。よく見ますので」

確かにそのネクタイには見覚えがあった。

ストライプ柄の黄色いネクタイだった。矢嶋はビニールに入っているネクタイを裏返し、そのタグを見て戦慄した。

それはイギリスの高級ブランド品だった。

実は矢嶋は今年の二九歳の誕生日プレゼントとして、西園寺沙也加から同じブランドの同じ色のそしておそらく同じデザインのネクタイをプレゼントされていた。

「どこかで見た記憶はありますか」

もしもこのネクタイが沙也加からプレゼントされたものだったら、どうして死んだ沙也加の首に巻き付いていたのだろうか。

「……どこかで見たような気もするんですが、そ、それがどこだったか、ちょっと今は思い出せません」

動揺を抑えつつ、なんとか矢嶋はそう答える。

「矢嶋さん。もう一度、よく思い出してもらえませんか」

瀬口という刑事が、ここではじめて口を開いた。

矢嶋は目を何度も瞬《しばたた》かせて、そのネクタイを凝視する。

「矢嶋さん。見覚えがあるんですね」

瀬口は机に片手をついて矢嶋に顔を近づけた。

矢嶋は唾を飲み込んだ。

今ここで、「これと同じネクタイを、誕生日プレゼントに沙也加からもらいました」と言うべきだろうか。

突然、矢嶋は猛烈な恐怖を感じはじめた。男女関係があったことを認めた以上、疑われているのは間違いない。しかも自分は死体の第一発見者でもあるのだ。そして凶器になったものと同じネクタイを持っていることを認めてしまえば、もはや「私が犯人です」と言っているようなものではないか。そしてあっという間に、殺人罪で牢屋に入れられてしまうのではないだろうか。

「いかがですか。矢嶋さん」

これはただの偶然の一致だ。

もともと沙也加はこのイギリスの高級ブランドが好きだったたし、たまたま似たようなデザインのネクタイが部屋にあっただけかもしれない。自分が沙也加からもらったネクタイは、絶対に自宅のクローゼットの中にあるはずだ。

「いや、思い出せません。す、すいません」

矢嶋は膝に置いた両手を固く握り、顔を左右に大きく振った。

「……そうですか」

瀬口は小さくそう言うと、ゆっくり机から遠ざかった。

「ところで、さっきの洋服の件ですが、矢嶋さんが最後に被害者に会った時、紺のジーンズを穿いていませんでしたか」

矢嶋が密かに安堵《あんど》のため息を漏らしていると、加藤が質問を変えてきた。

「いや、あんまり服装のことは覚えてないんで……」そう言いながらも、沙也加はいつも部屋ではジーンズだったことを思い出した。「でもそう言われれば、ジーンズだったかもしれませんね」

「そうですか。上はセーターだったってことはありませんか？　赤とかピンクとか」

その一言で、部屋でよくピンクのセーターを着ていたことも思い出した。

「ひょっとすると、そうだったかもしれません」


「おい、矢嶋。今夜の『西園寺沙也加のミステリーナイツ』はどうするんだ」

事情聴取が終わり、矢嶋が秋葉原ＦＭのデスクに戻ってくるや否や、編成部長の石丸がすぐに声を掛けてきた。編成部は放送局の要というべきセクションで、そこの部長でもある石丸には、番組に関する一切の権限と責任があった。

「局アナを立てて、リクエスト番組をやろうかと思っていますが」

矢嶋は石丸のデスクの前で、直立不動でそう答える。

「バーカ。お前、今日はレーティングなんだぞ」

レーティングとは聴取率調査のことである。ラジオ局はテレビ局と違って毎日、聴取率を調べているわけではなく、数か月に一週間だけ、期間を決めて調査会社に聴取率調査を依頼していた。

「そんなことは、言われなくてもわかってますよ」

テレビ局の視聴率同様、聴取率はすべてのラジオマンにとって絶対的な評価基準だ。ディレクターの矢嶋はもちろん、編成部長の石丸ですらその数字には抗えない。

「だったら、よーく考えろ。いいか、いつも言ってるだろ。俺たちラジオマンにとって、ピンチは発想を変えるだけで、あっという間にチャンスになるんだよ」

石丸の白目の多い一重瞼《ひとえまぶた》がギラリと光る。

「じゃあ、石丸部長だったらどうするんですか。何しろ肝心のパーソナリティがいないんですよ。どうやって番組を作るんですか」

「パーソナリティなんかいなくても、番組は作れる」

石丸は平然とそう言い放った。

「そんなの物理的に不可能ですよ」

「不可能ではない」

そんな方法があるだろうか。矢嶋は頭をフル回転させる。

「ま、まさか。イタコでも呼んで、西園寺沙也加の霊を呼び出せとかって言うんじゃないですよね」

「それもある」

え、ありですか？　と矢嶋は心の中で大きく突っ込みを入れる。

「この密室事件は、ミステリー好きのみならずワイドショーでも連日大きく取り上げられている。事件そのものへの興味もあるが、世間は何よりこの密室殺人の謎《なぞ》を知りたいんだろ。違うか、矢嶋」

「まあ、そう言われれば、そうかもしれませんね」

「だったら、それを二時間かけてメールとファックスで大特集するんだ。そしてミステリー作家や警察ＯＢなんかをゲストに呼んで、徹底的に議論をさせる。朝まで生テレビみたいにな」

石丸という男は性格的には最悪だったが、番組作りということでは天才だった。パーソナリティとしてはずぶの素人だった西園寺沙也加を抜擢《ばってき》し、人気番組に育て上げたのもそうだが、一瞬の閃《ひらめ》きと強引な手法で、前例のないことを次々とやってきた。その密室謎解き特番で、本当に密室の謎が解明されるとは思えなかったが、とにかくタイムリーで面白い番組になることは間違いない。場合によっては、驚くような聴取率を取るかもしれない。

「矢嶋さん、矢嶋さん」

名前を呼ばれて振り返ると、まつ毛をくりくりにしたバイトの恵梨香が受話器を片手に立っていた。

「受付に、お客さんが来たそうです」

「え、お客さん。僕、そんな約束していないけど。誰？」

矢嶋は手帳を確認しながらそう訊ねる。

「弁護士の手塚雄太郎《てづかゆうたろう》という人だそうです」


「時刻は一時になりました。

こんばんは、漫画家の西園寺沙也加です。

いつも番組を聴いてくださってありがとうございます。いや、ありがとうございました、というのが正しいのでしょうか。

今日は何日なのでしょうか。この声が流れているということは、私、西園寺沙也加はもう死んでしまったか、それに近い状態にあるということです。私は先日、婦人科系のがんの手術を受けました。それから早くも一か月近く経ちますが、もしもの場合を推定しこの遺言テープを録音することにしてみました。そして、それを信頼する弁護士に渡して、もしも私に万が一のことがあった時は、このラジオで公表するようにお願いしておきました。

このテープを録音したポイントは二つあります。ひとつはリスナーの皆さんへ、ありがとうの言葉を伝えるためです。漫画家としてたくさんの作品を残してきましたが、私にはアシスタントという助手がいません。自宅は仕事場という密室です。一人で漫画を描くというのはとにかく辛く孤独な作業なのです。さらに私の作品はオカルトっぽいものが多いせいか、漫画をろくに読んだこともない人達からいわれなき誹《ひ》謗《ぼう》中傷を受けたりもし、心が折れそうになった日もありました。しかしラジオという媒体でパーソナリティをやるようになって、お忙しい中リスナーの皆さんからのメールや手紙をいただいて、一緒に番組を作っていく物作り本来の面白さを実感することができました。皆さんと共有したあの時間は私の宝物でした。本当にありがとうございました。

　そしてもう一つお知らせしたいことがあります。いいえ、お知らせしなければならないことがあります。これを裏切り行為と取られると私としては辛いのですが、西園寺沙也加という漫画家は実は二人いるのです。例えさせていただくのも恐れ多いですが、漫画家の藤子《ふじこ》不二雄《ふじお》先生みたいなものと考えてもらえれば幸いです。そうです。数々の素晴らしい作品を生み出した漫画家・藤子不二雄先生は、藤子・F・不二雄先生と、藤子不二雄Ⓐ先生の共同ペンネームです。作者が二人いてそれと同名の探偵が活躍するというところでは、エラリー・クイーンという大巨匠がいますが、最近の若い方々はよくわからないようなのでとっても残念です。

ちなみに西園寺沙也加というペンネームは、主にアイデア担当の私、本名で西山沙綾と申しますが、その私と、主に作画担当の私の妹、西山瑠加《るか》の二人の名前からつけたものなのです。

私がタレント活動をする一方で妹は大のマスコミ嫌いだったために、いつの間にか西園寺沙也加という漫画家は私一人のようなイメージが定着してしまったのです。ここでは詳しいことは申し上げませんが、もっと早くそのことを説明した方がよかったのかもしれません。本当に申し訳ありません。

そういうわけで、今後も漫画家・西園寺沙也加は活動を続けることと思いますし、その代表作である『名探偵・西園寺沙也加の事件簿』の中でも、名探偵・西園寺沙也加は活躍してくれると思います。色々な人から「事件現場に来てください」と依頼される度に、怪事件を推理して「犯人がわかりました」と自信たっぷりに真犯人に言ってくれることでしょう。もっともそれを解く鍵は私の妹・西山瑠加次第ですが、彼女はきっとやってくれると思います。

瑠加、あなたには才能があります。あなたの才能はお絵かきロボットで終わるものではありません。明日の西園寺沙也加は、あなたに懸かっているんですよ。

しかしリスナーの皆さん、残念ながらこのラジオだけはお仕舞です。瑠加にはこのラジオはできないでしょう。本当に申し訳ありません。
それでは皆さんお別れです。
でもそんなに悲しまないでください。信じるかどうかはあなたにお任せしますが、どうせ皆さんもいつかはこちらに来るんです。はい、それでは、天国でまたお会いできる日を楽しみに。……西園寺沙也加こと、西山沙綾でした」

スタジオのスピーカーから、死んでしまった西園寺沙也加の遺言メッセージが流れていた。それを聴いていたもう一人の西園寺沙也加である西山瑠加が、大粒の涙を流している。「姉の最後の放送に立ち会いたい」との申し出があったので、西山瑠加に深夜の生放送のスタジオを見学してもらっていたのだが、冒頭のこの遺言メッセージはあまりに衝撃的だった。

黒のワンピースに身を包み、真っ白な真珠のネックレスをつけている西山瑠加は、漆黒の長髪の持ち主で、姉によく似た美しい顔立ちをしていた。その隣で担当編集者の井沢尚登《いざわなおと》が、心配そうに彼女の背中をさすっている。紺のスーツに身を包みプラスチックの黒縁の眼鏡をかけた青年は、矢嶋が何度椅子を勧めても、けっして座ろうとはしなかった。石丸の神妙な顔つきを横目で見つつ、矢嶋はスタジオに向かってキューをふる。

そしてその隣の椅子に、緑色のレザージャケットを着た童顔の弁護士が座っていた。あの日、手塚雄太郎と名乗ったこの弁護士は、名刺とともに一枚のCDを差し出した。そのCDには、姉の方の西園寺沙也加、つまり西山沙綾の遺言メッセージが録音されていた。

西山沙綾は一年前に婦人科系のがんの手術をした後に、もしもの時のことを考えて、この遺言メッセージを録音していたそうだ。沙也加のがんの手術は数日の入院ですみ、何も聞かされていなかった矢嶋は、その事実を知らなかった。

しかし手術自体はうまくいったわけで、本来ならばこのCDは不要になるはずだった。しかし今回の殺人事件を受けて、これを保管していた弁護士の手塚雄太郎なる人物が、その遺言に従って秋葉原FMの矢嶋に届けるに至ったというのがその経緯だった。

念のため専門家に調べてもらったところ、このCDの女性の声紋は過去の西園寺沙也加のラジオ番組のものと一致した。人間の声を波形で分析する声紋は、指紋同様に正確な本人確認方法だといわれている。しかしそんなことをしなくとも、そこで語られていた事実は西園寺沙也加、つまり西山沙綾にしか知り得ないことばかりだった。

西山沙綾と恋人関係だった矢嶋でさえ、妹の瑠加の存在は知らなかった。西山沙綾をパーソナリティに抜擢した石丸も、その事実を聞かされていなかった。さすがに担当編集者の井沢は知っていたが、漫画家・西園寺沙也加が二人の人間で成立していたことを知る人は、出版業界の中でもほとんどいなかった。

それには明確な理由があった。そしてそれは、妹の瑠加がラジオのパーソナリティをやれない理由と同じものだった。

なぜならばもう一人の西園寺沙也加、つまり妹の西山瑠加は声を持っていなかった。

矢嶋が瑠加の様子をちらりと見る。真剣な表情でスタジオを見つめるその横顔は姉とよく似てはいたが、くるくるの巻き髪に完璧なメイクを好んだ沙綾に較べて、瑠加は化粧も薄めで清楚《せいそ》なイメージだった。

『西園寺沙也加のミステリーナイツ　ブロッチュウバイ……』

矢嶋はいったんサンプラーのボタンを押してステッカーを再生する。そして隣のミキサーに、CMに入るように指示をした。

その様子を、緑色のレザージャケットを着た手塚雄太郎が食い入るように見ていた。

この風変わりな弁護士も、「遺言テープをオンエアーするならば、その場に立ち会わなければなりません」と、番組冒頭からスタジオを見学していた。

どうやら手塚は、ラジオの機材、特にこのサンプラーに興味があるようだった。確かにサンプラーは、ボタン一つで色々な音が再生できるので、子供だったら繰り返し押して遊んでしまうような機械だった。

しかし、この手塚という弁護士は無邪気すぎる。

その童顔のせいで矢嶋と同じぐらいにしか見えないが、実年齢は三〇代の後半ぐらいのはずだった。それなのに真顔で、「この機械は、いくらぐらい払えば譲ってもらえますかね」としつこく訊かれ、本番直前で忙しい矢嶋は何と答えていいものか本当に困った。

「ちょ、ちょっと触らないでくださいよ」

いつの間にか手塚の手がサンプラーに伸びていたので、慌てて矢嶋が注意する。

「あ、すいません。ＣＭに入ってスタジオがデッドになったから、触っても大丈夫かと思ったもので……」

どこでそんな知識を仕入れたのか。確かにＣＭが流れている間は、スタジオの音は放送にのらない設計にはなっている。

「それはそうですが、勝手に機械に触れられると困ります。大人しくその椅子に座っていてください」

「あ、すいません」

叱《しか》られた子犬のような表情で、手塚は椅子に座りなおす。

本来ならばつまみ出すところだが、『西園寺沙也加の顧問弁護士』という立場を主張されてしまえば、そうもできない。

本人は大袈裟《おおげさ》に顧問弁護士などと名乗っているが、手塚は沙也加の飲み仲間のような存在だった。しかし大のミステリー好きなことからすっかり沙也加は手塚を気に入り、それ以来法律的な問題は、もっぱら手塚に相談していたらしい。

「CM明けでもう一回趣旨説明して、すぐにメールの募集をお願いします」

インカムでスタジオの局アナに指示を入れると、横でADの小林が番組で使用する素材をチェックする音がした。

「ねえ、ヤッシー。この遺言メッセージの後に入っている、ハングル語みたいなのはなんなの？」

小林は眉間にしわを寄せてそう訊ねる。

『ヤスジ□□りや、エン□リ□ね、アサー□□シラ、メン□ソラジャン□み□ゥオー、いでアノー□むす□アグねっしぃ、エど□こ。せ□ヤウエ□こんデソン、□べね□ビッチ、サムーが□ヤダ□しぇる。おな□だ□ーんのお、えーな□テチュゾーの□、まさぁ□さ。イーサイ、えー□みんさん、せドイ□つせっせすみや、ア□ガ□ににしさ』

手塚から渡されたCDの中には、意味不明な音声のようなものも録音されていた。

「そうなんですよ。遺言メッセージのちょっと後に、そんなノイズが入っていたんです。ひょっとしたら何かの暗号かもしれないと思って、一応、消さずにおいたんですけど、小林さん、なんだかわかります？」

「うーん。暗号というよりも、何かの呪文のように聞こえるけど」

「どうなんでしょう。一応、音素材には起こしたんですけど」

「どうする、どこかでオンエアーする？」

「うーん。でもさすがに放送にのせるのはまずいんじゃないですかね」

矢嶋は頭を捻ったが、「あと三秒でCMあけます」というミキサーの声に急き立てられて、キューを出すため慌ててスタジオに向かって右手を挙げた。

生放送は空前の大反響となった。

死んでしまった西園寺沙也加の天国からのメッセージが流れたのだから、リスナーは度肝を抜かれたことだろう。

番組がはじまった三〇分後には、ツイッターの検索キーワードランキングはすべて西園寺沙也加関連の言葉が独占し、番組にメールが殺到した。故人となった西山沙綾への追悼メッセージ、妹の瑠加への応援メール、そしてリスナーによる密室殺人事件の推理。矢嶋は時間の許す限りそれらを紹介した。

密室の謎に関しては、糸や針を使った物理的なトリックから、動物や昆虫を使った珍推理、ドアや窓そのものを取り換えるという荒唐無稽《こうとうむけい》なものも数多く寄せられた。それらをゲストに呼んだミステリー作家や警察ＯＢが、ああでもないこうでもないと解説していく。

中でも盛り上がったのは、西園寺沙也加はまだどこかで生きているという推理だった。いきなり肉声の遺言メッセージが流れ、さらに西園寺沙也加が二人いると知らされたせいもあり、彼女のミステリアスなイメージがさらに強化されてしまったようだった。

『実は西園寺沙也加は生きていて、死んだのは妹の方だった。そして真犯人を探しだすために、今も巧妙なトリックを仕掛けている』

『ラジオに出演していた西園寺沙也加は架空のパーソナリティで、本当の西園寺沙也加は八〇歳のおばあちゃんらしい』

『西園寺沙也加は実は自殺で、警察にこの謎が解けるか、我が身をもって挑戦状を叩きつけている』

そんな西園寺沙也加に関する都市伝説のような噂《うわさ》がネット中を駆け巡り、さらにラジオでもそれを煽《あお》った。

「出演者の皆さんは、この密室事件をどう考えますか」

CM中の僅《わず》かな時間を利用して、矢嶋は出演者たちと打ち合わせをする。

「これは本格的な密室殺人事件です。しかも殺されたのが名探偵ですからね。相当狡《こう》猾《かつ》な犯人が巧妙なトリックを使ったんでしょう」

ミステリー作家は、リアルに密室殺人事件が起こったと主張する。

「そんなことはないと思いますよ。私は、西園寺沙也加自殺説を推しますね。それならば、密室の謎は氷解します」

警察OBはそう反駁《はんばく》する。

矢嶋としては結論を出す必要はない。この両者が対立すればするほど、番組としては面白くなるからだ。

「僕はそうは思いませんね。この密室は結構、単純なものですよ」

背後でそんな声がした。振り返ると、手塚雄太郎が腕を組んで矢嶋の後ろに立っていた。

「犯人が使ったトリックは、結構、古典的な方法じゃないですかね。紐《ひも》とか針とか、意外とよくあるパターンだと思いますよ」

「手塚さん。いい加減にしてください。手塚さんは顧問弁護士かもしれませんが、番組に関しては部外者なので、スタジオの中には入らないでください」

矢嶋は怒鳴るのを我慢して、努めて冷静に手塚に言った。

「え、ああ、すいません。いや、皆さんが困っているようだから、僕の考えを申し上げようかと思って」

「結構です。十分に間に合ってますから。どうぞ、あそこの椅子に座ってじっとしていてください」

そこまで言われて、再び手塚は叱られた子犬のような表情で戻っていった。

その後番組はさらにヒートアップし、あまりにメールが集中したせいでサーバーがパンクしてしまい、さらに局のホームページまでダウンさせてしまった。

さすがは名探偵・西園寺沙也加。

死んでもリスナーを走らせるカリスマパーソナリティだった。

番組の打ち上げが終わり、タクシーで家に辿《たど》り着いて時計を見ると、午前五時を回っていた。それなりにアルコールが入ったのに、矢嶋は全然酔えなかった。確かに肉体的にはふわふわとした高揚感があったが、脳の奥の方がアルコールに浸食されることを拒んでいた。

それも当然といえば当然で、いくら番組が大成功で終わっても、自分の恋人が殺されてしまったら、そう酔えるものではない。

矢嶋の脳裏に、沙也加との思い出の日々が蘇る。

先に好きになったのは矢嶋の方だった。

仕事ばかりで恋人がいなかった矢嶋は、美人で才能豊かでしかも有名人でもあった沙也加に、無条件に惚《ほ》れてしまった。付き合いだした時は、矢嶋は二六歳、沙也加は三三歳。七歳も年上という年齢差は気にはなったが、当時は同世代以下の異性の子供っぽさに辟易《へきえき》していたので、逆にそれはそれで魅力的だった。

沙也加は強い女だった。

どんなに忙しくても外出する時は完璧なメイクをしていたし、自慢の巻き髪は毎日入念に手入れをしていた。漫画もラジオも仕事には一所懸命で、そんなに自分を追い込んでは疲れてしまうのではないかと心配するほどだった。本人や作品が批判されることも少なくなかったが、それに落ち込む素振りも見せなかった。

しかし付き合ってみてわかったのだが、それは弱さの裏返しだった。

特に自分の作品がネットやマスコミで叩かれると、別人のように不機嫌になって矢嶋に当たった。矢嶋の些細な部分が気に食わないと怒り出したり、深夜にどこそこの高級アイスが食べたいと言い出したりもした。最初は自分がどんなミスをやらかしたのかと真剣に悩んだが、原因がわかるとそんな沙也加の弱さを矢嶋は愛おしく思えるようになった。

それに七歳年上でも、やはり女性であることに変わりはなかった。

判断に迷ったり、重いものを運んだり、さらには家電の配線がわからない時など、沙也加は素直に矢嶋を頼った。最初は強い女だと思っていた沙也加だったが、家事や料理は大の苦手だった。一般常識が伴っていないせいもあり、結構抜けているところもあったので、最近ではほとんど年齢差は気にならなかった。

沙也加は、人に甘えるのが苦手なタイプだったのだと思う。しかし矢嶋が七歳も年下だったから、逆に、感情の赴くままに接することができたのかもしれない。

そんな沙也加と付き合えて、矢嶋は本当に幸せだと思っていた。

しかし二人は真剣に愛の言葉を確認しあったわけでもなく、時間のない沙也加とはデートらしいデートもしたことがなかった。だから矢嶋は、自分は本当に沙也加の恋人なのかどうか不安に思うことがあった。

ひょっとしたら沙也加にとって、矢嶋は恋人というよりはセフレのような存在なのではないかと感じることがあった。実際、沙也加は中高年のおやじを中心によくモテたし、またあれほどの美人でかつ酒が好きだったので、酔っぱらった挙句にいつの間にかベッドインみたいなことも、過去にはあったようだった。

それに意外と面倒見がいい方なので、勝手に男の方が自分に気があると勘違いしてしまうようなことも多かった。矢嶋の思い込みかもしれないが、この一年の間にも何度か怪しい電話が掛かってきたり、それっぽいメールを目にしてしまったこともあった。その度に矢嶋はもやもやとした気分になったが、結局、一度もそのことで沙也加を問い質《ただ》したことはなかった。

しかもここ数か月は、男女の関係もご無沙汰だった。

そしてプロポーズを断られた。

沙也加には、自分以外にも男がいたのではないか。

その疑念は沙也加があんな死に方をしたことにより、矢嶋の中ではかなり深まっていた。

しかし、では一体、誰が沙也加を殺したのか。

あの夜、矢嶋があの部屋を出た後に、誰かが沙也加の部屋のチャイムを鳴らした。それはおそらく沙也加の顔見知りの誰かで、その誰かがあの黄色いネクタイで沙也加を絞殺した。

黄色いネクタイ?

矢嶋は午前中の事情聴取を思い出し、すぐにクローゼットの中を探しはじめた。青、黒、緑……、ネクタイ掛けに二〇本近い色とりどりのネクタイが掛けられていた。何本かのネクタイは床に落ちていた。さらに矢嶋はすべてのスーツとジャケットのポケット、そしてすべての鞄《かばん》の中を見た。

しかしいくら探しても、沙也加からもらったあのイギリスの黄色い高級ブランドネクタイは、見つけることができなかった。

「状況証拠が揃《そろ》いすぎていますね。これでネクタイから矢嶋さんのDNAが検出されたら、本当に逮捕されてしまうかもしれませんよ」

一瞬、目の前が真っ暗になった。

矢嶋はもしものことを考えて、知り合いの弁護士の兼田《かねた》普一郎《しんいちろう》の法律事務所を訪ねていた。兼田とは電話やメールでやり取りしたことはあるが、この事務所に来るのははじめてだった。六本木の超高層ビルの上層階にあるこの事務所からは、きれいな東京の夜景が一望できる。どっしりとした大きなマホガニーの机の上には、外国製の置時計が置かれていて、本棚には革表紙の判例集がずらりと並んでいた。

「事態はそこまで差し迫っているんですか」

紺のスーツ姿の秘書が蓋つきの湯呑《ゆの》み茶碗を運んできて、事務的な微笑《ほほえ》みを浮かべながら矢嶋と兼田の前に置いた。

「普通に考えればそうでしょうね。そもそも矢嶋さんは、本当に、あの、やっていないんですよね」

兼田は銀縁の眼鏡の縁を持ち上げながらそう言った。

「兼田さん。なんてことを言うんですか。僕は犯人なんかじゃありません」

「まあご本人がそう言うんならば、きっと、そうなんでしょうが……」

茶碗のお茶を口にしながら兼田は言った。

以前、兼田には昼の法律相談番組の回答者として出演してもらったことがあった。まだ三〇代後半だったが、かなり太り気味のその風貌には十分な貫禄があり、黒い背広の左襟には金色の弁護士バッジが光っていた。

「確かにかなり酒を飲んではいましたが、殺人なんかした記憶はありません」

「しかし非常に申し上げにくいことですが、もしこのまま矢嶋さんが事実を否認し続けたとしても、凶器のネクタイから矢嶋さんのDNAが検出されてしまえば、殺される直前に部屋にいたこと、男女関係の縺れによる動機の存在、そして相当量の飲酒をして記憶がないことなどから、逮捕されてしまう可能性は高いと思います」

「男女関係の縺れなんかありませんでしたが」

「矢嶋さんは、それを立証することができますか」

「そ、そんな……」

「さらに合鍵が作れる関係であったこと、そして死体の第一発見者というのも、疑われる要因の一つです。もしも逮捕されるとやがて裁判ということになりますが、矢嶋さんには前科はありますか」

「前科？　駐車違反とスピード違反が何回かありますが」

「駐車違反やスピード違反は前科にならないから大丈夫です。でも前科がなかったとしても、殺人罪は重大犯罪ですから懲役で一〇年ぐらいはつきますよ。それに強姦《ごうかん》や強盗の罪がついてしまうと、懲役期間はさらに長くなります。もちろん執行猶予は付きません」

「ちょっと待ってください。いいですか、兼田さん。僕は本当に人殺しなんてやった記憶はないんですよ」

「ええ、まあそれはそうでしょう。矢嶋さんがそう言うんだから、それはそうだとは思います。しかし今後起こることを想定しておくことは、矢嶋さんにとって非常に大事なことだと思いますよ」

　番組に弁護士が出演することは少なくないが、兼田は派手なパフォーマンスやユニークなキャラクターで受けている一連のタレント弁護士たちとは全く違っていた。そんな兼田が嘘《うそ》や冗談でこんなセリフを言っているとは思えない。矢嶋は自分に差し迫っている現実に、いよいよ身が震える思いがした。

「さらにこれで自白があれば、間違いなく逮捕、そして起訴でしょう」

「自白……ですか」

「ええ、なんだかんだ言っても、日本の警察は自白を最重要視します。最近でこそ自白なしでも死刑宣告が出たりもしますが、自白は証拠の王様です。逆に言えば自白さえさせてしまえば、それが嘘でも立派な証拠として採用されてしまうわけです」

矢嶋はふと冷静になって考える。

「ちょっと待ってください、兼田さん。やってもいない犯罪なのに、自白する人はいないでしょう」

「それがそうでもないのです。二〇一二年に起こったパソコン遠隔操作事件って覚えてませんか」

「ああ。そんな事件がありましたね。何人もの誤認逮捕が続いた上に、やっと真犯人が捕まった事件ですよね」

「ええ。あの時は四人が誤認逮捕されて、なんとその中の二人は嘘の自白をさせられていたんです」

「二人もですか。そうなると意図的なものを感じますね」

「ええ。日本の冤罪《えんざい》事件は、警察に嘘の自白を強要されて起こるケースがほとんどです。そして冤罪事件として問題にされず、そのまま執行されてしまっているものがどれだけあるかはわかりません」

「恐ろしいですね。でも兼田さん、僕は大丈夫です。僕は絶対に、やってもいない犯罪の嘘の自白などしません」

「じゃあ、矢嶋さんはこれからも全面否認し続けるということですね」

「当然です」

矢嶋のその一言を聞いて、兼田は小さくため息をついた。

「そうなると、それはそれで警察の取調べは相当熾烈《しれつ》になりますよ」

「えっ、どういう意味ですか」

「警察は冤罪を防止するために、自白を強要してきます」

「ええ？　冤罪事件を作るために、自白を強要するんじゃないんですか？」

言ってることが逆じゃないのか。矢嶋の頭は混乱する。

「警察も好きで冤罪事件を作ろうとしているわけではありません。冤罪事件を作らないため、自白を迫るわけです」

「どういうことですか」

「さっき自白が証拠の王様と言いましたが、自白しただけではまだ証拠として不十分なんです。犯人が自白した内容から実際に罪を犯した本人でしか知らない事実、つまり秘密の暴露があって、さらにそれに物証が伴うというストーリーを警察は目指すはずです」

「秘密の暴露って何ですか？」

「矢嶋さんのケースで言えば、たとえば矢嶋さんが合鍵を作ってどこかに捨てたとします。そしてその捨てたと証言した場所で、本当に合鍵が発見されるというパターンです。これならば冤罪の可能性は一〇〇パーセントありません。そんな矢嶋さんしか知り得ない事実に物証が伴う、そんな証拠を摑《つか》むことを警察は目指します」

「なるほど、だから殺人事件が起きると、犯行に使った刃物を探すために警察が大人数で川を漁《あさ》ったりするわけですね」

「ええ、裁判員制度なんかも導入されて、大分、変わりつつありますが、やはり自白とそれに伴う物証を、警察は求めてくるはずです」

ならばなおさら大丈夫だと矢嶋は思った。実際にやっていない犯罪の秘密の暴露なんかできるはずもない。

「矢嶋さん、犯行に使われたこのネクタイは、あなたのものではないのですか」

天候や仕事のことなど差し障りのない世間話の後に、加藤はビニールに入れられた黄色いネクタイを矢嶋の前に置いた。そしてじっと矢嶋の表情を窺《うかが》った。万世橋警察署での二回目の事情聴取は、開始三分でいきなりクライマックスを迎えていた。

「そ、それは……」

見れば見るほど、沙也加からもらったネクタイによく似ていた。しかももらったはずのネクタイは、矢嶋の部屋にはない。

「事件の関係者を取材したところ、あなたがこれとよく似たデザインのネクタイをしているところを見たと、複数の人物が証言しています」

そこまで言われて、矢嶋はこれ以上しらを切ることはできないと観念した。

「確かに、僕は同じブランドの同じようなネクタイを、沙也加から誕生日プレゼントにもらったことがあります。しかしそれが本当にこのネクタイと同じものだったかは、正直、わかりません」

「本当ですか」

加藤の目が、犯罪者を見るような目付きに変わっていた。

「では矢嶋さんがもらったこれとよく似たデザインのネクタイは、今はどこにありますか」

「そ、それが、昨日自宅を探してみたのですが、どこにも見つからないんです。多分、どこかで失《な》くしたんだと思います」

加藤は瀬口と目を見合わせた。

「矢嶋さん。後ほどDNA調査に協力してもらえませんか。矢嶋さんのDNAと、このネクタイから検出されたDNAを照合してみますので」

瀬口が威圧感のある低い声でそう言った。これを拒否することはできないだろう。

「わかりました」

「ところで西山沙綾さんの死亡推定時刻が判明しました。死亡したのは事件が発覚する二日前、つまり一二月一日の午後九時から翌二日の午前三時。つまり矢嶋さんが被害者のマンションを訪れた、まさにその日のその時間も含まれます」

手元の資料を見ながら加藤は言った。

「だったら僕の帰った後から翌朝三時までの間に、沙也加の部屋を訪れた人が真犯人です」

「矢嶋さんが帰った午後一一時以降は、翌日二日の昼過ぎまで、エントランスを通過して、あのマンションに入った関係者はいませんでした」

どういうことだ。

「翌日の午後ならば、何人かの関係者があのマンションを訪れてはいます。しかしその時刻は、いずれも死亡推定時刻を大きく過ぎています」

「じゃあ、関係者以外はどうなんですか。僕がマンションを出た後には、どんな人物があのマンションを訪れたんですか」

「防犯カメラの映像をすべてチェックした結果、矢嶋さんが被害者の部屋を出た後の午後一一時二五分以降、エントランスや地下の駐車場からあのマンションに入った人物は八人いました。しかしいずれもあのマンションの住人で、それぞれの部屋に帰っただけだったのが確認されています」

「たとえば沙也加の狂信的なファンやアンチが、あのマンションに忍び込んだという可能性はありませんか」

「確かに漫画家の西園寺沙也加さんに関しては、かつてネットでの殺害予告が出たこともありましたから、その可能性は考えられます。さらに狂信的なファンが、漫画の内容をまねて本当に幼女を監禁してしまった事件もあったぐらいですから」

一年ぐらい前にそんな事件があった。それを期に青少年向けの漫画の倫理規制が国会で問題となった。それでさらに彼女の漫画が注目され、結果、ファンもアンチも西園寺沙也加マニアには危ない輩《やから》が多いとの評判だった。

「そうですよ。漫画のまねをして、作者に本当に刃を向けてしまったんじゃないでしょうか。番組にも、なんだかわからない気持ちの悪いメールが結構送られていましたから」

「しかし防犯カメラを見る限り、そのような人物が忍び込んだ形跡はありません」

「どうですかね。そんな危ない輩だったら、防犯カメラに映っていないところから、忍び込んだかもしれませんよ」

「現在、近隣の聞き込みを徹底的に行っています。しかし今のところ、有力な情報は上がっていません。しかもそもそもその場合、いくつかの疑問点が残ります」

「疑問点？」

「現場には争った形跡はなく、被害者の遺体も上半身は裸でしたが、乱暴された痕跡はありません。従って警察では、深夜に顔見知りのかなり親しい人物が部屋を訪れて、被害者が自分で鍵を開けて犯人を招き入れ、その後殺害されたと考えています」

加藤がまっすぐに自分を見ながらそう言った。まるで犯人は、沙也加の恋人である矢嶋しか考えられないと言わんばかりの口調だった。

「誰かが合鍵を利用したということは考えられませんか」

矢嶋は慌ててそう言った。

「合鍵を作るためにはもとになる鍵が必要です。本人に了解を得てもとの鍵が持ち出せるのは、恋人関係にあった矢嶋さんか、妹の西山瑠加さんぐらいのものだと考えますが、妹の瑠加さんは合鍵を持っていなかったと証言しています。改めてお聞きしますが、矢嶋さんはあの部屋の合鍵を持っていましたか」

「いいえ、持っていませんでした」

前回寝坊で生放送を飛ばしそうになった後、矢嶋は思いきって合鍵を作ることを提案した。しかし沙也加はそれを頑《かたく》なに拒んだ。その時矢嶋は結婚も考えていたので、その反応は意外だった。

ひょっとして自分が自由にあの部屋に入れるようになると、沙也加には何か不都合な事情があったのだろうか。つまり自分以外にも、沙也加と男女関係にあった男がいたのではないか。だとすればその男が合鍵を持っていて沙也加を殺した。そんな推理が閃きはした。

「そうですか。しかしそもそもこの事件が密室殺人としてマスコミで話題となっているように、あのマンションはそう簡単には合鍵を作れない仕組みになっています。だから我々の捜査線上に現れないマニアや変質者による犯行だとしたら、こっそり合鍵まで作って侵入したとは考えられません」

確かにその通りだろう。

「しかし合鍵はなかったとしても、同じマンションの住人だったらどうなんですか。あのマンションは、個別の部屋の前まで防犯カメラが設置されているんですか」

「あのマンションの各フロアには防犯カメラは設置されていません。だからマンションの住人がエントランスを通らずに、こっそり彼女の部屋のチャイムを鳴らすことはできます。しかし、矢嶋さんが帰った夜の一一時二五分以降に、同じマンションの住人だというだけで、一人暮らしの女性がそう簡単に他人を部屋に入れるでしょうか。さっきも言ったように、部屋には争った形跡はありません」

ただの住人ならば入れないだろう。しかし本当にあのマンションに沙也加と男女関係にあった男が住んでいたらどうだろうか。

「マンションの住人の中に、沙也加と親しくしていた男性はいませんでしたか」

「被害者が、生前そのようなことを言ったことがあるのですか」

今まで黙っていた瀬口が、半身を乗り出してそう訊ねてきた。

「明確にそう言ったことはないのですが、しかしそう考えると、この不可解な事件の謎が解けます」

「そういうことですか。まあ、そういう人物がいたかどうか、念のため警察でも捜査はしてみます」

瀬口はそう言ったが、どこまで矢嶋の言葉を信じただろうか。

「マンションのエントランスの防犯カメラの映像では、矢嶋さんがエントランスからマンションの中に入ったのが午後一一時〇二分。そして出て来たのが一一時二五分でした。エレベーターに乗っていた時間などを考慮しても、二〇分近く矢嶋さんはあの部屋にいたはずです」

手元の書類を見ながら再び加藤が話し出した。

「え、そうだったんですか。なにしろ記憶が曖昧なもので、五分ぐらいしかいなかったような印象しかありませんが」

本当に自分ではちょっと話をした程度の記憶しか残っていない。

「矢嶋さん。あなたはその時、部屋でどんな話をしましたか」

瀬口が目を細めながらそう訊いた。

「実はあの夜は、沙也加は何か大事な相談をしたかったようです。しかし僕が飲みすぎていたもので、結局、その話にはならなかったようなんです」

「矢嶋さんはその部分の記憶はあるんですか」

「そうですね。そこは確かだと思います。コーヒーを飲もうとしたらこぼしてしまって、それを見た沙也加が呆《あき》れ顔でそう言ったのを覚えています。しかしあとは断片的な記憶しかありません」

「本当ですか」

瀬口の鋭い眼光が矢嶋を射すくめる。

「ええ。記憶にあるのはそこまでです」

「そうですか。それで当日の夜に話すはずだった大事な相談というのが何だったか、矢嶋さんには心当たりはありますか」

「体調のことだったんじゃないかと思います。当時、沙也加の生理が遅れていたんです。徹夜続きの過酷な仕事ですから、生理も相当不順になるので、もう少し様子を見たらとアドバイスしていたんです」

「被害者が妊娠していたとは思わなかったんですか」

「もしもそうだったとしたら、僕の子供ではありません。僕らは暫《しばら》くそういう行為をしていなかったので、計算的にあり得ないと思っていました。刑事さん。沙也加は妊娠していたんですか」

「いいえ。そのような事実はありません」

その一言で矢嶋はほっとするような、それでいてがっかりするような複雑な気分になった。沙也加に他の男がいてその子供を身籠《みごも》っていたならば、それはかなりショックなことだったが、その一方でその子の父親が間違いなく犯人だ。

しかしそういう事実はないらしい。それでは沙也加は、一体誰に殺されたのだろうか。


「兼田さん、何とか一緒に真犯人を見つけてくれませんか」

二回目の事情聴取が終わった後に、矢嶋は再び兼田の六本木のオフィスを訪れた。今回は昼間に訪れたため、都庁や新宿《しんじゅく》の高層ビル群の向こう側に、丹沢《たんざわ》山系や遠く富士山まで見ることができた。

「真犯人……ですか？」

しかし矢嶋のその一言を聞いた兼田は、一瞬、きょとんとした表情をした。

「ええ。僕は殺人なんかしていません。だから兼田さん、お願いします。何とか真犯人を見つけてください」

妊娠こそしていなかったが、沙也加と男女関係にあった人物があのマンションに住んでいて、そいつを見つけ出すことがこの事件の解決になると矢嶋は思っていた。

「ちょ、ちょっと待ってください、矢嶋さん。いいですか。私は弁護士ですよ。弁護士は探偵じゃないですから、真犯人を見つけることはできません」

兼田は大きく手を広げて矢嶋の言葉を遮った。

「え、でも真犯人が見つからないと、僕が起訴されて有罪になってしまうんじゃないんですか」

「そうですね。その可能性は高いですね」

「そ、それじゃあ、困るんですが……」

「ご同情は申し上げますが、何しろこの状況証拠ですと……」

兼田はもごもごと語尾を濁すと、目の前の茶碗のお茶を一口啜《すす》った。

「ちょっと、兼田さん。それを何とかするのが弁護士の仕事なんじゃないんですか」

「弁護士ですから、逮捕されてもなるべく罪が軽くなるような努力はします」

「いやいや、罪が軽くなるとかそういうことではなく、そもそも僕は犯人じゃないんですよ」

「ええ、それは以前伺いました」

「だから真犯人を見つければ、自動的に僕の無実が証明できるじゃないですか」

「それは矢嶋さんのおっしゃる通りです。ですが先ほども申し上げた通り、弁護士は探偵ではないので、真犯人を見つけることはできません」

さっきまでもごもご言っていたくせに、この時ばかりは兼田はきっぱりそう言い切った。

弁護士は探偵ではない。

矢嶋は弁護士というのは、警察や検察が提示した証拠を丹念に調べ上げ、証人の証言の矛盾を突いて真犯人を突き止めるものだと思っていた。しかしそういう正義の味方でヒーローのような弁護士は、どうやらドラマや小説の中だけのようらしい。

「まあ、まずは時間の許す限り、関係者の証言を調べてみますが、何しろ私も別の案件がありますので……」

兼田はまたもごもごと語尾を濁す。

「多分、僕が帰った後に沙也加の部屋に入った奴《やつ》がいるんです。そいつが絶対に真犯人なんです」

「でも死亡推定時刻には、事件の関係者と考えられている人物は、誰もマンションに来ていないんですよね」

「そうなんです。だから、真犯人はマンションの住人じゃないかと僕は思っているんです」

「なるほど。しかしそうなると、被疑者の対象者が多すぎて、私一人ではとても調査できませんね」

「そう言わずに兼田さん。その辺を調べてもらえませんか」

「マンションの住人全員をですか」

「ええ。お手間を取らせてすいませんが……」

頭を下げる矢嶋を見て、兼田は唇を噛《か》み締めた。

「うーん、まあ、できればそうして差し上げたいところですが、矢嶋さん……は、大丈夫ですか」

また兼田の言葉が急に聞こえづらくなる。

「何がですか」

思わず矢嶋の声も大きくなる。

「お金です。弁護士費用です。もしもマンションを一部屋一部屋訪ねて回るのならば、とても着手金の中では賄いきれませんから、追加費用をいただくことになります。しかしもしも矢嶋さんが逮捕されて有罪となれば、おそらく会社は懲戒解雇となり退職金も出ないと思いますよ」

それに気が付かなかったのは迂闊《うかつ》だった。矢嶋は貯金が全然ないわけではなかったが、もしも逮捕されて職を失い弁護士費用を払ったら、あっという間に干上がってしまうだろう。

「兼田さん。そもそも弁護士費用というのは、いくらぐらいかかるんですか」

「うちは企業向けの案件ばかりで滅多に刑事事件はやらないんですが、起訴前弁護ならば着手金として二〇〇万円。あと実費でかかった必要経費をいただきます」

「そんなに高いんですか」

「さらに不起訴を勝ち取れた場合は成功報酬として、別途三〇〇万円ぐらいいただきます」

「ええ、無理です。とてもそんな金額は払えません」

「もっともそれは成功報酬ですので、起訴されてしまった場合はいただきませんので必要ありません。しかし逆に起訴されてしまった場合は、その後の裁判の弁護費用が必要になりますから、お金がかかることには変わりはありません。まあ、うちはかなり高い方なので、他を探せばかなり安い金額でも受けてくれる事務所はあると思いますよ」

矢嶋は絶望的な気分になった。自分が逮捕されてしまう恐怖もあったが、それに続く負の連鎖に巻き込まれたら、一生這《は》い上がれないだろう。

「ところで矢嶋さん。変な話をお聞きしますが、矢嶋さんはＳＭの趣味とかありませんでしたか」

　唐突に兼田はそんなことを言い出した。

「な、なんでそんなことを訊くんですか」

「いや、人を殺してしまえば殺人罪だと思うでしょうが、必ずしもすべての殺人事件に殺人罪が適用されるわけではありません」

「どういうことですか」

　兼田は右手で茶碗を持つと、ぐいっと勢いよく飲み干した。矢嶋の前の茶碗はまだ蓋がされたままだった。

「もしも矢嶋さんと沙也加さんの間にＳＭのような趣味があって、プレイとしての延長として死んでしまったのならば、傷害致死罪や過失致死罪が認められるかもしれません。矢嶋さん、お二人にそういう趣味はありませんでしたか」

　兼田は真剣な表情をして矢嶋をじっと見た。

「いいえ、ありません」

「そうですか。次にネクタイを自分で持って来たのか、部屋にたまたまあったのかでまた違ってきます。わざわざ自分の鞄に隠し持っていたネクタイで首を絞めたのならば、これは明らかな殺人でかつ計画的な犯行なので罪も重いんです。でもかっとなって、たまたま部屋に落ちていたネクタイを拾って絞めたのならば、衝動的な犯行となります」

「なるほど」

「さらに仮に矢嶋さんが殺人罪を犯してしまったとしても、その動機によっては情状酌量というのが認められる場合もあります。過去の例で言えば、加害者である娘が殺害してしまった実の父親から長年にわたって性的虐待を受けていたとか、加害者である妻が不治の病を患っていて、さらに被害者がアルツハイマー病の症状を発しはじめていたなどのケースでは、情状酌量が認められました。矢嶋さんと沙也加さんとの関係で、何か当てはまることはありませんか」

自分と沙也加の関係で何か裁判的に有利になることがあるだろうか。矢嶋は仮に自分が沙也加を殺したとしてみてちょっと考えてみる。

「いえ、特に思い当たることはありません」

「そうですか。あとはもう一つ、犯行時の矢嶋さんが心神喪失や衰弱状態だったとすれば罪は軽くなります。刑法三九条には、心神喪失者の不法行為は罰しないとまで書かれています。矢嶋さんの場合はいかがですか」

「心神喪失者の不法行為ってどういうことですか」

「まあ、わかりやすく言えば、精神障がい者などが理性的な判断をできずに犯行に及んだりすることです」

兼田のその一言が気になった。

「酩酊《めいてい》状態で殺人を犯したら罰せられますか」

「まあその辺は難しいところで断定はできないのですが、殺人罪ではなく過失致死罪になる可能性はあります」

「そうなんですか」

「ええ。人を殺そうと思って酒の力を借りたのならば別ですが、殺意はなかったのに酩酊した挙句、かっとなって暴行した結果死んでしまったのならば、殺人罪ではなく過失致死罪になる可能性があります」

酩酊した自分が沙也加を殺した可能性はないだろうか。

ひょっとして自分は酔っ払った勢いで沙也加の首を絞め、そのまま記憶をなくしてしまったのではないか。矢嶋はもう一度、マンションに入った時のことを思い出す。部屋でコーヒーを飲みながら沙也加と何かしらの話をした。しかし自分が酔っぱらっていたせいで、『大事な話』には至らなかった。そしてその後のことは、頭に白い靄《もや》のようなものがかかって、何一つ思い出せない。

「矢嶋さん」

兼田の呼びかけに、ふと我に返る。

「矢嶋さん。ひょっとして矢嶋さんは、酩酊して沙也加さんを殺害した挙句、その記憶をなくしてしまったんじゃないですか」

まさか、そんなことがあるだろうか。

「いや、確かに酔っぱらって記憶は曖昧ですが、そんなことをしていたら、さすがに覚えているでしょう」

「そうですかね？　だって矢嶋さんには、部屋を出た時の記憶もないんですよね」

「ええ。それは確かにそうですが」

兼田は小首を傾けちょっと考える。

「矢嶋さん。あなたは本当に、沙也加さんを殺していないんですか」

「ま、まさか」

矢嶋が笑いながらそう言ったが、兼田の顔は真剣だった。

「もしもその時のことを思い出したら、また相談してください」

そう言いながら、兼田は机の上の外国製の置き時計に目をやった。

「わかりました」

矢嶋がそう言いながら力なく立ち上がると、同時に兼田も腰を上げる。

「あ、矢嶋さん。ちょっと待ってください」

扉を開いて部屋を出て行こうとする矢嶋の背後から、兼田の声が聞こえた。振り返った矢嶋に兼田が一枚の封筒を差し出した。

「前回の相談料の請求書です。これは会社の方でお支払いになりますか。それとも矢嶋さん個人でお支払いになりますか。いずれにしても領収書が必要な場合は用意しますので、遠慮なくおっしゃってください」


万世橋警察署での三回目の矢嶋の事情聴取がはじまった。メンバーはいつもの加藤と瀬口で、灰色のデスクとパイプ椅子のある小部屋に通された。

「凶器となった黄色いネクタイから、矢嶋さんのDNAが検出されました」

今日は天候の話もなく、席に着いた途端に加藤からいきなりそう切り出された。矢嶋は目の前が真っ暗になり、「逮捕」の二文字が脳裏を過《よぎ》り何も喋ることができなかった。

「矢嶋さん。前回の取り調べの時に、このネクタイをどこかで失くしたと言ってましたよね。それがどこだか思い出せませんか」

ここ数日矢嶋もそれをずっと考えていた。

「それがいつどこだったのか具体的には思い出せないんです」

「矢嶋さん。これはとても重要な問題ですよ。何とか思い出してもらえませんか」

これが思い出せないと、いよいよ「逮捕」ということになってしまうのだろうか。

矢嶋の心臓の鼓動が高鳴った。

「何とか思い出してみます」

「お願いします」

「ところでマンションの住人の中で、沙也加と親しい人物は見つかりましたか」

「何度も聞き込みは行っていますが、今のところそのような人物は特定されていません。しかしもしもそのような人物がいたとしても、あの部屋の合鍵を作ることはできませんから」

「本当にそうですかね。インターネットとかで調べれば、そんな闇サイトがあるんじゃないですか。確かに作りづらい鍵なんでしょうけど、金さえ積めば倫理的に問題がある合鍵を作ってくれるところはあるでしょう」

その時、窓際に立っていた瀬口の目が怪しく光った。

「矢嶋さんは、そういう闇のサイトをご存じなんですか」

瀬口の低い声が矢嶋をますます不安にさせる。

「いいえ。知りません」

「でも確かにインターネット上ならば、そういうサイトがあるかもしれませんね」

加藤がそう言って瀬口の顔を見ると、瀬口も黙って頷いた。

「ところで矢嶋さん。一二月一日の午後一一時過ぎ、最後にあなたが被害者のマンションに行った時に、酒はどのくらい飲んでいましたか」

瀬口が尋問するような口調でそう訊いた。

「あの日は……、どうだったかな」

沙也加のマンションに行く前までは、番組スタッフと神楽坂の居酒屋で飲んでいた。最初は軽く一杯のつもりだったが、すぐにジョッキが空いて、焼酎を頼んだら止まらなくなった。

「ビールと焼酎ですね」

「量は?」

「多分、ビールをジョッキで二杯と焼酎を多分、四合ぐらいですかね」

「ビールをジョッキで二杯。そして焼酎を四合。私だったらひっくり返る酒量ですね」

瀬口は呆れ顔でそう言った。

「僕にしてみればそれほどでもないです。しかも沙也加から大事な話があるとLINEが着信したんで、そこからは自分では大分抑えたつもりだったんですが」

それでも結果的に記憶をなくして、この様だった。

「被害者からLINEが着信したのは何時でしたか」

「一〇時四五分です。スマホの履歴がそうなっていたので、それは間違いないと思います」

矢嶋はスマホを取り出して、その時の着信履歴を見せる。

「わかりました。そして矢嶋さんは、その後に被害者のマンションに行ったんですよね。その時の記憶はありますか」

「辛うじてあります」

「そうでしたよね。あなたは午後一一時二分にマンションのエントランスを通り被害者の部屋に入った。そして五分ぐらい話をした記憶はあるが、その後のことは覚えていない」

「そうです。何分までとか詳しいことはわかりませんが、部屋に入った後半の記憶は、確かにあまりありません」

「あなたがマンションを出たのは一一時二五分でしたが、どうやって帰ったかは覚えていない」

「そ、そうですね」

瀬口はくるりと踵《きびす》を返すと暫く窓の外を眺めていたが、やがてゆっくり振り返り矢嶋の顔をまっすぐに見据える。

「矢嶋さん。あなたは被害者を殺害した記憶がないと言っていますが、実はアルコールのせいで、殺してしまったことを忘れてしまったんじゃないんですか」

矢嶋の心臓が波打った。

「そ、……そんな馬鹿な」

矢嶋は半分笑いながら瀬口を見たが、その瀬口の表情は真剣そのものだった。そして同じことを弁護士の兼田にも言われたことを思い出した。

「ビールをジョッキで二杯、焼酎を四合。人によっては十分に酩酊しておかしくない量ですよね」

「まあ、そうかもしれませんが……」

「しかもあなたは、被害者の部屋に入ってからの後半の記憶はない。少なくとも部屋をどうやって出て行ったかは覚えていない」

「ええ。まあ、それはそうですが……」

「矢嶋さん。あなたはあの時、やっぱり被害者を絞殺してしまったんじゃないんですか。しかし大量のアルコールのせいで、その記憶が欠落してしまった」

「まさか。そんな大それたことをやって、その記憶がないなんてことはあり得ないでしょう」

矢嶋はそう否定したものの、頭のどこかでその可能性を考える。

「どうしてそう言い切れるんですか。被害者の部屋を出て行った記憶がないあなたが、彼女を絞め殺していないと言える根拠は何ですか」

「根拠？」

矢嶋の顔が青ざめる。

「そうです。あなたが被害者を殺害していないという確かな根拠です」

「そ、それは、いくら何でもそんなことをしたら、記憶に残っているはずだから」

「そうですかね。そもそもあなたにその時の記憶がないのだから、それは合理的ではないんじゃないですか」

矢嶋は暫し考える。確かに瀬口が言ってることも間違ってはいない。

「しかし僕と沙也加の関係は良好だったんですよ。別に喧嘩をしていたわけではありませんし」

「しかしプロポーズは拒否されて、生理が遅れていたことで他の男の影を感じていたんじゃありませんか。たとえばあのマンションに住んでいた誰かにとか」

「それはこんな事件が起こったんで、そんな可能性があるかもと思っただけです。そもそもあの夜に、そんな会話をしたわけでもありませんし」

「それはどうですかね。部屋での記憶を会話ごと忘れてしまっているわけですから、そういう話になったかもしれないじゃないですか。被害者に新しい男の存在を告白されて、それで口論となりかっとなってやってしまった」

「そんな馬鹿な。仮にそれが事実だったとしても、それだけで彼女を殺すほどの動機にはならないはずだ」

「泥酔したあなたが起こしてしまった事故だとすれば、明確な動機など存在しないと思いますが」

「事故?」

　瀬口が矢嶋を正面から見据えると、その両目がギラリと鈍く光る。

「これは事故なんです。酔ってやらかしてしまった失敗に、いちいち動機などありません。矢嶋さんも経験上そう思いませんか。これはアルコールに狂わされた脳の暴走にすぎません」

確かにそうだった。酔った上での突飛な行動を、なんでそんなことをしてしまったのかいちいち説明などできはしない。

「矢嶋さん。あなたは泥酔した挙句、被害者を絞殺し、そしてその記憶を失ってしまった。状況証拠から考えると、真実はもうそれしかありません」

まさかそんなことが……。

「その当時、体調が悪かったとか、睡眠不足が続いていたとかいうことはなかったですか。微妙な体調不良のせいで少量のアルコールでも、意外と酔っ払ってしまうことってあるじゃないですか」

確かにちょっと、風邪を引いていたような気もする。さらに忙しくて慢性的な睡眠不足でもあった。

「そのせいで薬を飲んだり、注射をされたりしたことはなかったですか」

「あ」

矢嶋は小さく声を上げる。

「どうしました。何か思い出しましたか」

「確かにその日の夕方に、医務室でもらった風邪薬を飲みました。あの中にアルコールと一緒に飲んではいけない成分が、入っていたりしたんでしょうか」

医務室の風邪薬はよく効くことで有名だった。医者がきちんと処方してはいたが、何か強力な成分が入っているのではとよく噂になっていた。

「かつて沖縄で、酩酊した男性が自宅近くの全く面識がない女性の家に侵入し、部屋にあったナイフで数回刺して殺してしまったという悲惨な事件がありました」

「そ、そんな事件があったんですか」

「ええ。その時の犯人は、そこまでのことをやりながら、酩酊していたせいで曖昧な記憶しかなかった」

現実にそんな事件があったなんて……。

「危険ドラッグや覚せい剤などで人を殺してしまうニュースが目立ちますが、件数だけでいえば、日本ではアルコールが絡む暴力事件や交通事故の方がはるかに多い。何しろこんなに簡単に自動販売機でアルコールが買えてしまうのは、世界の中でも日本ぐらいですからね」

瀬口が異常な目力で矢嶋を見つめていた。

「矢嶋さん。よく考えてみてください。あの日のあの死亡推定時刻に、被害者の部屋に入ったのは矢嶋さんだけなんです。これは紛れもない事実です」

「同じマンションの住人ならば可能じゃないですか」

「先ほども申し上げましたが、あのマンションの住人で被害者と関係がある人物は結局見つかりませんでした」

「本当ですか」

「あのマンションの住人の大半は、事件が起こるまで被害者があそこに住んでいたことすら知らなかった。たとえ知っていたとしても、若い女性が深夜に抵抗もせずに部屋に招き入れるとすれば、相当親しい関係なはずです」

「そうですよ。誰か、一人ぐらいはそういう人物がいたんじゃないんですか」

「そう思って我々も徹底的に捜査をしました。しかし被害者のメールの履歴、スマホの受信着信、LINEなどのSNS、郵便物、そして部屋の遺留品からも、そのような人物は見つかりませんでした。さらにマンションの住人を徹底的に聴取しましたが、誰一人として怪しい人物は浮かんできませんでした」

「一人も、ですか」

「そうです。いくら同じマンションだからといって、メールや電話を一切使わず被害者に接近し、さらに再三の警察の聞き込みにもぼろを出さない。そんな犯罪者が、あのマンションに住んでいると思いますか」

矢嶋は思わず黙ってしまう。

「しかしあの夜あの場所で、確かに西山沙綾は殺された。だとすれば……」

矢嶋は思わず息を呑む。

「僕が、殺したってことですか」

瀬口は大きく首を縦に振る。

「だけど酒に酔ってのことだから、あなたはそのことを一切覚えていない。酒に酔ってとんでもないことをしてしまったのに、肝心のあなたにその記憶がない。あなたには、今までにそんな経験がいくらでもあったでしょう」

酔ってタクシーの運転手とトラブルを起こす有名人のニュースを耳にする度に、自分も気をつけないといけないと思っていた。酒の飲み方を上司や先輩からさんざん注意され続けてきたが、遂に自分は取り返しのつかないことをやってしまったのだろうか。

「矢嶋さん。絶対にやっていないと言い切れますか」

矢嶋の脳裏をアルコールでの数々の失敗が駆け巡った。

目が覚めたら洋服が激しく破れていて肩に大きな痣ができていた。部屋にどこかから拾ってきた「工事中」の看板があった。行ったことのないバーの領収書が財布に入っていた。「もう昨日は大変だったんですよ。もう二度と矢嶋さんと飲みに行くのは勘弁です」と言われたことも一度や二度ではなかった。しかもそのいずれの時も、自分には一切の記憶はない。

「どうですか。矢嶋さん」

瀬口のまっすぐな視線に晒《さら》されると、何が真実で何が真実ではないのか全く自信がなくなってきた。いや、そもそも自分は真実を知っているのだろうか。

「矢嶋さん。……絶対にないと言い切れますか」

二重人格。

矢嶋は酔っぱらって自分が何かをやらかした話を聞かされると、いつもその言葉を思い出す。矢嶋だけではないだろう。酒乱癖のある人間は、後で自分がやってしまった醜態を聞かされても、全く当事者意識がない。何かの冗談だと思っていたりもする。しかしたとえ人格が違っていたとしても、本人がやらかしてしまっていることには違いない。

「絶対に……、とは言えないかもしれません」

矢嶋は目を開き、自分の両手を見つめてみる。この両手で黄色いネクタイを引っ張り、沙也加の息の根を止めてしまったのだろうか。矢嶋は固く手を握り、その感触を想像してみる。

そうかもしれない。

自分の中には、自分でも知らない恐ろしい悪魔が棲《す》んでいるのかもしれない。その悪魔が、アルコールを注入されて解き放たれてしまったのではないだろうか。

「心理学で抑圧という言葉があるらしい」

何を言い出すのかと、矢嶋は瀬口の顔を見る。

「幼児期に虐待されたり性的な悪戯《いたずら》をされたりすると、子供は苦しくなってそんな忌まわしい記憶を自ら忘れてしまうそうだ。本当はすべてを忘れるのではなく、思い出さないように意識下に押し込めているのだが、それを心理学で抑圧と呼ぶそうだ」

矢嶋は黙ったまま瀬口を見つめる。

「人間の脳というのは実はよくできていて、辛すぎたりショックすぎたりする出来事は、自動的に記憶から排除するようになっているそうだ。これは人が生きていく上で非常に重要な能力で、嫌なことを全部覚えていたら人は自殺したくなってしまうからだ」

「まさか瀬口さんは、僕が沙也加を殺してしまった記憶を抑圧してしまったと言いたいんですか」

「抑圧という言葉が正しいのかどうかはわからないが、心の動きとしては同じことなのではないか」

瀬口のその一言で、矢嶋はもはや自分が何者なのかもわからなくなってしまった。

「明確な殺意があり素面《しらふ》の時に殺人を行った場合と、酩酊して勢いで人を殺してしまった場合では、罪状に大きな差ができる」

瀬口がまた急に話題を変える。

「正確なところは検事や弁護士でないとわからないが、刑法三九条には心神喪失者の不法行為は罰しないという記載もある」

弁護士の兼田もそんなことを言っていた。

「矢嶋さん。ここは素直に罪を認めて、早めに人生をやり直した方がいいんじゃないのかな」

瀬口が優しそうな顔をしてそう言った。

「瀬口さん。あの夜、本当に僕の後に誰もあの部屋に入らなかったんですか」

「あの夜に事件の関係者は、誰一人としてあのマンションには来ていない」

「本当ですね。本当に誰もあのマンションに来なかったんですね」

矢嶋は今度は加藤を見ながらそう言った。

「矢嶋さんが帰った後、その翌日ならばあの部屋に入ろうとした人物は何人かいます。

しかし彼らがマンションに来たのは、一二月二日の午後一時から夕方にかけてですから、一日の午後九時から二日の午前三時という死亡推定時刻から少なくとも一〇時間は経っています」

であるならば、彼らが犯人であるはずがない。そしてあのマンションに沙也加の別の男が住んでいないのならば、いや、そもそもそんな存在の男がいないのならば、やはり酔っぱらった自分が沙也加を殺したのだろうか。

矢嶋は何も言えずに目を閉じた。一分、二分……、長い沈黙が部屋を支配する。

瀬口と加藤も何も言わずに矢嶋が話し出すのを待っている。

「ちなみにそれは誰ですか」

いきなり矢嶋は口を開いた。

「何がだ」

「翌日です。翌日にあの部屋を訪れようとしたのは誰ですか」

「担当編集者の井沢尚登さん、西山瑠加さん、そして矢嶋さんの会社の上司でもある石丸雅史さんの三人です」

加藤がメモを見ながらそう言った。

「石丸部長もですか?」

井沢と瑠加というのはわからなくもないが、なぜ、石丸が沙也加のマンションを訪ねたのだろうか。

「石丸部長は、なんで沙也加のマンションに行ったんでしょうか」

「プライベートな用事だったとは聞いています」

以前、石丸が沙也加と不倫をしているという噂があった。沙也加がその事実を激しく否定したので、恋人としてはその言葉を信じたが、果たして事実はどうだったのか。

しかし石丸ならば、自分が凶器となったネクタイを沙也加からもらった事実を知っている。あのネクタイは、自分の誕生日の直後の生放送の打ち上げで、スタッフ全員がいる前で沙也加からプレゼントされたからだ。その打ち上げの席にも、初代番組プロデューサーだった石丸は同席していたはずだった。

「あ、思い出した」

「何をですか」

怪訝《けげん》な表情で加藤が訊ねる。

「最後にあのネクタイをした時のことです」

「それはいつ、どこですか」

加藤が巨体を乗り出してそう訊ねた。

「うちの番組は毎回生放送が終わると打ち上げをするのですが、一〇月中旬にその席にネクタイをしていったことがありました。そしてその後から、ネクタイを見なくなったんで、多分、その打ち上げの席でネクタイを失くしたんだと思います。場所はいつも使っている秋葉原の『磯野漁業《いそのぎょぎょう》』という居酒屋です」

番組制作費がカットされて、他の番組では毎回打ち上げなどできなかったが、『ミステリーナイツ』だけは、酒好きの沙也加のポケットマネーで、毎回派手に打ち上げと称する飲み会が行われた。

「その打ち上げには、誰が出席していたんですか」

「番組のスタッフと沙也加、そして初代プロデューサーだった石丸部長も出席していました」

「石丸さんですか。担当編集の井沢さんはどうですか」

井沢は時々、打ち上げに参加することもあったが、その時はどうだっただろうか。

「矢嶋さんは、その時にどうやってネクタイを失くしたんですか」

「多分、飲んでる最中にネクタイを苦しく思って外してしまったんだと思います。だけど酔っていたんで、正確なところは覚えていません。しかしそれ以降僕はそのネクタイを見ていないので、きっとその時にネクタイを失くしたんだと思います」

「その時、酒はどのくらい飲んだんですか」

加藤がパソコンを打つ手を止めてそう訊ねる。

「覚えていません。生放送後の飲み会には沙也加もいるので、いつも記憶がなくなるぐらい飲まされてしまうんです。ひょっとすると、一人で焼酎の一升瓶を空けているかもしれません」

ちなみに沙也加は、宴席ともなると誰彼ともなく片っ端から酒を飲ませた。だから毎週、生放送後に行われる打ち上げは、最後は酒が飲めないバイトの恵梨香が仕切るしかなかった。そこに時々参加する石丸は、からきし酒が飲めない下戸だった。そんな酔っ払いだらけの宴席の中で、石丸がネクタイ一本を盗むことは造作もないことのはずだった。

「ひょっとしたら、バイトの恵梨香に訊けばもう少し詳しいことがわかるかもしれません」

「そうですか、ではその彼女にも事情聴取をしてみましょう」

加藤は恵梨香のフルネームを手帳に控えながらそう言った。

「矢嶋さん。そのネクタイを被害者の沙綾さんが持って帰った可能性はないですかね」

加藤が何かを答えようとするのを遮って、瀬口が急に矢嶋に訊いた。

「沙也加がですか」

「そうです」

矢嶋はちょっと考える。

「まあ、可能性はなくはないですね。しかしいずれにせよ、僕にはその時の記憶がありませんので何とも申し上げられませんが」

「そうですか。いや、もしも被害者がそのネクタイを家に持って帰ったとしたら、そして不用意に部屋のどこかにそれを置きっぱなしにしてあったとすれば、誰でもそれを使って犯行に及ぶことはできるなと思ったもので」

そういう可能性もあると思った。仮に石丸があのネクタイを拾ったとしても、死亡推定時刻にあのマンションにいたわけではないからだ。

「瀬口さんから見て、矢嶋は黒ですか、それとも白ですか」

署内の喫煙室で煙草《たばこ》を吸っていた瀬口に、加藤がそう語りかけた。

「まあ、限りなく黒に近いグレーってところだろうな」

「そうですよね」

加藤もポケットから煙草を取り出し、その中の一本を口先で引き抜いた。

「何しろ状況証拠が揃いすぎている。本人は酔って記憶がないと言ってはいるが、死亡推定時刻にあの部屋にいた唯一の当事者だ。それに死体の第一発見者でもあるし、本当にそんな闇サイトがあるかはわからないが、合鍵を作るチャンスもあった。凶器となったネクタイを失くしたという証言が事実ならば、さすがに物証としては今一つ弱いが。そうだ、加藤、番組のアルバイトの女の子に話は訊けたか」

「はい。さっき行ってきました」

「どうだった」

「一〇月一五日の深夜、番組の打ち上げが秋葉原の『磯野漁業』であり、矢嶋は確かに黄色いネクタイをしていたそうです」

　加藤が一〇〇円ライターで火を付けると、部屋に白い煙が漂った。

「それは確かなのか」

「はい。番組では連絡ノートのようなものを作っていて、その日の宴席の様子もそこに書かれていました。矢嶋はネクタイを外して、サラリーマンコントみたいに頭に巻き付けていたのを、バイトの女の子は覚えていると証言しました」

「それでその後、そのネクタイがどうなったのかはわかったのか」

「いいえ。店に問い合わせても忘れ物としての記録はありませんでした。念のため、秋葉原FMの経理に保存されている領収書から、当日の夜に矢嶋が乗ったタクシー会社にも問い合わせています」

　タクシー会社からは何も出てこないだろうなと瀬口は思った。ネクタイからDNAが検出された以上、犯行に使われたあのネクタイは、矢嶋がプレゼントされたものと同じものと考えてよいだろう。

「その日、矢嶋が凶器となったネクタイを締めて出掛けたのは事実のようだな。問題はそれを誰が拾ったかだ。その打ち上げに石丸はいたのか」

「はい。最初から出席していたそうです」

あのネクタイを石丸が拾ったのならば、真犯人の可能性は高い。事件後、被害者のマンションを訪れているのも気になった。

「井沢はどうなんだ」

「その日はいなかったそうです」

「当然、被害者の西山沙綾はいたんだろうな」

「はい。その日の支払いも彼女がしたそうです」

「そうか」

瀬口は煙草を叩いてアルマイトの灰皿にその灰を落とす。

「瀬口さん。事件当日に泥酔してしまって記憶がないっていうあの矢嶋の証言は、本当だと思いますか」

「さあ、そればっかりは本人でないと何とも言えないな」

「でもいくら酔っても殺人を犯すはずがないと言う一方で、そもそも記憶がないから何が起こったか覚えていないと矢嶋は言うじゃないですか。それって論理的には完全に破たんしてますよね」

瀬口は煙草を口にしながら思わず首を縦に振る。

「本当は矢嶋には記憶があって、単に嘘をついているだけなんじゃないですか。ネクタイの件だってこっちが指摘しなかったら、だんまりを決め込んでいたと思いますよ」

瀬口は煙を吐き出しながら、加藤のセリフを反芻《はんすう》する。

「バイトの子は一五日の打ち上げの時に、矢嶋が締めていたネクタイを外したとは証言しましたが、それを誰かが拾ったのを見たわけではありません。そのまま矢嶋が家に持ち帰った可能性もあるわけですよね」

「まあ、普通に考えればその可能性が一番高いだろうな」

「矢嶋を逮捕して、徹底的に取り調べたらどうですかね。意外とすぐに自白するかもしれませんよ」

瀬口もそれを考えていた。ネクタイからＤＮＡが出た以上、逮捕状を請求すれば通らないことはないだろう。

「なあ、加藤。おまえには矢嶋が嘘をついているように見えるか」

「まあ、誠実そうな人物には見えますが、やっぱり証言自体がぶれています。それになんかはっきりしないというか、落ち着きがないというか、やっぱり何かを隠しているように見えるんですよね」

「そう思うか。まあ状況証拠から考えれば、あの夜、被害者を殺害した可能性が一番高いのは、矢嶋であることは間違いない」

「そうですよ。やっぱり犯人は矢嶋ですよ」

「まあ、そう結論を急ぐな」

加藤は不満そうに大きく煙草を吸うと、白い煙を吐き出した。

「ところで加藤。人は記憶がなくなるほど泥酔した時に、一体どんな行動を取るんだろうか」

「うーん、人によるんじゃないですか。学生時代の先輩で、徹底的に説教モードに入る人がいましたね。同じ話を何度も何度も繰り返すんですが、翌日はそんな話をしたことすら一切記憶にないんですよ」

「それは短期記憶が作れないパターンだな」

「どういうことですか」

「酔っぱらって何回も同じことを繰り返すのは、既にその話をしたっていう短期の記憶が脳内に残らないからなんだ。だから今日初めて話すように、何度も何度も同じ話を繰り返してしまう」

「そうだったんですか。確かに酷《ひど》く酔っぱらっているけど、言っている内容自体はまともなんですよね。結構耳が痛いというか、親身なアドバイスだったりして、だから何回も言われると余計に腹が立つんです」

加藤が本当に怒りながらそう言うので、瀬口は思わず声に出して笑ってしまう。

「あとは酒を飲んでいた時の記憶を、丸ごと翌日になくしてしまうパターンもある。これは酒を飲んで寝てしまっている間に、飲んでいた時の記憶やそれを思い出す神経回路が破壊されてしまうパターンだ」

「あ、それを聞いて思い出しました。俺、交番のおまわり時代に、酔って刃物を振り回した男がいたんです。とりあえず一晩留置所に泊めたんですが、翌日に取り調べた時には、刃物を振り回した時の記憶は一切なかったですね」

瀬口は短くなった煙草を、アルマイトの灰皿に押し付けた。

「とにかく、もう一度だけ矢嶋を事情聴取してみよう。それで自白の調書が取れれば、すぐにでも逮捕状を請求しよう」

「バイトの女の子に話を訊いたところ、あの日あなたがあの黄色いネクタイを締めていたのは事実のようです。しかもそのネクタイを居酒屋で首から外してしまったらしいです」

この日の事情聴取は三畳ぐらいのかなり狭い部屋だったので、瀬口と加藤から受ける圧迫感が今までとは大分違っていた。

「やっぱり、そうですか」

「その後、あの居酒屋で誰かが凶器となったネクタイを拾った可能性もありますが、あなたがそれを持ち帰った可能性もあります。あなたはあの日、ネクタイを確実に失くしたという記憶がありますか」

事情聴取とはいうものの、加藤の口調は既に取り調べのようだった。矢嶋は自分にかかる嫌疑がどんどん深まっていくのを痛感していた。

「いいえ。その後、見かけなくなったんで、あの日に失くしたと思っただけです。あの日の居酒屋での記憶もやはり僕にはありませんから」

「またですか。あなたは本当によく記憶をなくす人ですね」

「すいません」

「ではネクタイの話はいったん保留にしましょう。矢嶋さんが持ち帰ったにしろ、他の誰かが拾ったにせよ、あのネクタイが凶器となったことには変わりがありませんから」

加藤はあっさりそう言い捨てた。

バイトの恵梨香の証言で一気に自分の疑いが晴れるほど、事件は簡単ではないようだった。

「たとえばあのネクタイを被害者の西山沙綾が居酒屋で拾って部屋に持ち帰った。それを偶然見つけた矢嶋さんが犯行に及んだという可能性もあります」

瀬口のその推理は矢嶋を唸《うな》らせた。そのストーリーならばネクタイを失くしたことで自分の容疑が晴れることはない。

「ここまでの経緯を調書にまとめてみました。矢嶋さん、これにサインしていただけますか」

矢嶋の前に一枚の紙が差し出された。

供述調書

被疑者　　矢嶋直弥
取調官　　瀬口守

私は一二月一日午後一〇時から新宿区神楽坂三丁目〇〇〇の居酒屋『京《きょう》や』にて、ビール二杯、焼酎を四合飲みました。途中、被害者からＬＩＮＥで大事な話があるので今晩中に会いたいとのメッセージがありました。その後タクシーで移動して、午後一一時〇二分に被害者宅の『メゾン・ド・秋葉原』に到着し、エントランスで来訪の意を告げました。彼女はピンクのセーターと紺のジーンズ姿で、私を一〇〇五号室に招き入れ、リビングにてコーヒーをご馳走してくれました。しかしそこで私はコーヒーをこぼしてしまい、結局、大事な話には至りませんでした。

その日私は、体調が悪く風邪薬なども服用していたため、思った以上に酔っ払っていて、その時はかなりの酩酊状態でした。その後はアルコールによる心神喪失状態に陥ってしまい、全く記憶はありません。私は酩酊して記憶をなくすことがよくあり、一方で酩酊時の自分の行動と、現場の状況から考えて、私が西山沙綾を殺害した可能性は否定できません。その後、私はマンションの下でタクシーを拾い帰宅したと思われますが、その時の記憶もありません。

矢嶋直弥

果たしてこれにサインしていいものだろうか。読み返せば読み返すほど、矢嶋はここに書かれていることを否定することができない。

「どうですか。サインしてもらえますよね」

加藤が有無を言わせぬ口調で迫ってくる。

「うーん。事実は概ねこの通りなんですが、これだとまるで僕が犯人みたいな書き方じゃないですか。この『一方で酩酊時の自分の行動と、現場の状況から考えて、私が西山沙綾を殺害した可能性は否定できません』という一文を削除してもらえますか」

「どうしてですか。記憶がないのに、自分が被害者を殺害しなかったと、なぜ言えるんですか」

「なぜって……、それは殺した記憶がないからですよ」

「それは前回も聞きました。殺した記憶がないってことは、殺さなかった記憶もないってことですよね。だったら被害者を殺害した可能性は否定できないでしょう」

「それは確かにそうですが、この書き方はちょっと……」

「ちょっと何なのですか？　我々だって、あなたが被害者を殺したっていう調書を取ろうというわけではない」

加藤が大きな声を出し、思わず両手で机を叩いた。矢嶋は胃がぎゅっと握られたような鈍痛を感じた。

「じゃあ、せめて殺害したかどうかはわかりませんって書き換えてもらえませんか」

「瀬口さん、どうします？」

加藤が瀬口の顔を見た。

状況証拠は十分すぎるほど揃っている。ＤＮＡが検出されたネクタイという物証もある。居酒屋で矢嶋がそのネクタイをなくしたことを、検察に報告する必要はない。ならば矢嶋が現場にいた犯行推定時刻の記憶がないという調書が取れれば、逮捕状は確実に取れると瀬口は思った。

「矢嶋さん。それならばサインをしてくれるんですね」

瀬口が低く響く声でそう訊ねる。

「……はい。それならば、サインします」

瀬口が目で指図をすると、巨体の加藤が身を縮めながら調書を打ち直し始めた。部屋には、加藤が打つキーボードの音だけが聞こえている。

この書きあがった調書にサインをしたらどうなるのだろうか。ネクタイからＤＮＡが検出され、マンションに犯人らしき住人がいない以上、やはり自分が最も犯人に近い存在であることは間違いないと矢嶋は思った
やはり、酔っぱらった自分が沙也加を殺害してしまったのだろうか。

やがて目の前に、書き直された一枚の供述調書が差し出された。矢嶋は二度三度その調書を読み直し、指摘した通りに文章が修正されていることを確認する。ふと視線

を上げると、瀬口と加藤が黙ってじっと自分を見つめている。

矢嶋は大きく息を吸うと、右手でボールペンを持った。

しかしその瞬間、ある疑念が脳裏を過った。

「しかしそうなると、鍵は一体どうなるんでしょうね」

思わず矢嶋はそう呟いた。

「鍵?」

その呟きに、思わず瀬口が反応する。

「鍵、鍵ですよ」矢嶋が右手を捻るまねをする。「その調書で仄《ほの》めかしている通り、仮に泥酔した僕が沙也加を殺してしまったとしても、どうやって僕は鍵を閉めて密室を作ったんでしょうか」

「それは……」

そう言い掛けた瀬口の表情が固まった。加藤も思わず首を傾げる。

「僕には鍵を閉めた記憶がありませんが」

「ちょっと待ってください。ええと……、仮に矢嶋さんが泥酔した挙句、被害者を殺害したとしましょう。そしてその後、当然部屋を出て行くことになります。その時、矢嶋さんだったら、部屋の鍵を閉めますか」

瀬口は右手を捻ってそう訊いた。

矢嶋の頭は軽く混乱する。そもそも自分は沙也加を殺した記憶がない。しかし酩酊した自分が殺してしまったらどうだろうか。そうだとしても、あくまで酒を飲んだ自分とは違う人格がやったことだ。だから当然……。

「記憶がないですから、鍵を閉めたかどうかも覚えていません」

「それはそうだろうが、今までの自分の行動から考えれば、自ずと行動パターンはわかるだろう。そもそもあなたは、被害者があの部屋のどこに鍵を置いていたか知っていたんですか」

瀬口の質問に矢嶋は沙也加の部屋を思い出す。そもそも沙也加の部屋で、自分は鍵を見たことがあっただろうか。矢嶋は過去の記憶を遡《さかのぼ》るが、しかし何も思い当たらない。

「いや、知りません。だから多分、泥酔した自分が沙也加を殺してしまったとしても、鍵を閉めないで出て行ったと思います」

「そんなことはないだろう」

瀬口が大きな声を出した。

「え？」

「あなたは殺人事件を犯したんですよ。だったら少しでも事件の発覚を遅らせようと、鍵ぐらいは閉めるだろう」

「うーん。まあ、そうですかね」

「きっとあの夜は、机の上とか目につきやすいところに鍵が置いてあったんじゃないんですか。だったらそれを拾って鍵ぐらいは閉めるだろう。俺が犯人だったら、当然そう考える」

「まあ、鍵がそこにあれば、確かにそうしたかもしれませんね」

「酔っ払いながらもあなたは部屋の鍵を閉めた。いいですか、問題はそれからだ。そして矢嶋さん、あなたはそれをどうやって部屋に戻しましたか」

「えっ？」

　矢嶋の頭は激しく混乱する。

「酔った自分を想像してみてください。マンションの外で鍵を閉めた。いいですか、矢嶋さんだったらその後その鍵をどうしますか」

　矢嶋は自分が沙也加のマンションの鍵を閉めるところを想像する。

「ポケットに入れて持ち帰りますね」

「あなたはあの部屋の鍵を、今でも持っているんですか。それは自宅にあるんですか」

瀬口が目を丸くしてそう訊ねた。

「まさか。もちろんありません」

「じゃあ、どうやってあの鍵を部屋に戻したんですか」

「どうやってと言われても……」酔った自分ならどうするだろうか。その時矢嶋は、玄関左側の窓の鍵が閉まっていなかったことを思い出した。「だったら鍵が閉まっていなかった左側の窓から、放り投げたんじゃないですか」

「鍵はその部屋からは発見されていない。鍵は廊下を挟んだ右側のベッドルームにあった。放り投げて届くような位置関係でもないし、何より廊下に通じるオーディオルームのドアが閉まっていた」

そうであれば鍵を部屋に戻せるはずはない。

「じゃあ戻さずに、鍵を掛けた後すぐにどこかに捨てちゃったんでしょう。すぐに捨ててしまえば、僕が覚えていないのも納得できます」

「部屋の鍵は二本あったが、もう一本の鍵は金庫に保管されていた」

「本当に他の合鍵はなかったんですか」

「何度も説明したが、マンションの管理記録から合鍵が作られた形跡はない。しかし以前あなたが言ったように、ネット上の闇サイトで作った可能性は否定できません。

事実、そのようなサイトが実在することはわかりましたから」

瀬口の目が怪しく光った。

「矢嶋さんは、そういう闇のサイトを本当にご存じないんですか」

「し、知りません」

まずい。

たかが鍵の問題ではないらしい。下手な答え方をすると、計画的な殺人事件の犯人にされてしまうかもしれない。

「換気扇とか、どこかに穴は空いてなかったんですか」

「キッチンの換気扇はベランダ側に繋がっている。しかしそこから鍵をベッドルームに戻すのは、さらに難しいはずだ」

今度は加藤が換気扇の写真を見せながらそう説明する。

「じゃあ、鍵は使わずに、玄関から紐か何かで施錠したっていうのはどうですか」

「被害者の玄関の鍵は、捻るタイプで二ヶ所もある。外から紐を使ってどうやって二ヶ所の鍵を閉めるのか。矢嶋さん、実証してもらえますか」

捻るタイプで、しかも二ヶ所。矢嶋は玄関のあの二つの鍵を思い出した。わりとしっかりとしたあの鍵を、紐で二つも施錠できるとは思えない。

「いや、とても無理です」

「じゃあ、どうやって閉めたんですか。記憶がないと言ったって、矢嶋さんがやった可能性が高いんです。何か思いつくことがあるでしょう」

酔っぱらった自分にそんなことができるだろうか。外から鍵を閉めて、どうやってベッドルームに鍵を戻せるというのか。

「ベッドルームの外側の鍵は閉まっていましたか」

「はい、閉まっていました。これが部屋の見取り図ですが、見てみますか」

加藤が一枚の紙を矢嶋の前に差し出した。

「見せてください」

矢嶋は『メゾン・ド・秋葉原』一〇〇五号室の見取り図をじっと見つめる。加藤もその横で腕を組みながら頭を捻る。瀬口は椅子に座って、そんな二人を無表情に眺めていた。

鍵が落ちていたベッドルームには窓が一つあったが、しっかりと鍵が掛かっていたらしい。窓には鍵を通せるような隙間はどこにもないと加藤は言った。

無理だ。超能力者でもない限り、そんな奇跡は起こせない。

「わかりません」

「矢嶋さん。そんな簡単に諦めないでください。これはあなたが作った密室かもしれないんですよ」

本当に、こんな密室を自分が作ったのだろうか。ミステリー小説の犯人を当てるのは結構得意な方ではあったが……。

「この玄関左側の部屋の窓は、鍵が閉まっていなかったんですよね」

「そうです」

「やっぱり、怪しいのはここですよね」

加藤が見せたその写真には、その窓に鉄格子がしっかり固定されている。

「鉄格子の間は一五センチぐらいなので、とても人が通れる幅ではない。たとえそれが子供だったとしても無理です」

「猫ならどうです。動物を使ったトリックっていうのはよくありますが」

「動物ねー。ハムスターとかならば通れるでしょう。猫はどうかな。ギリギリ通れそうな気もするし、インコとか鳥ならば問題はないけれども」

「ドローンとかどうですかね」

「なるほど、ドローンか。確かに小型のドローンだったら何とかなるかもしれない。うん、ドローンか。矢嶋さん、それはいい推理ですね」

小型のドローンならば、その隙間からでも中に入れられそうだった。

「そうですよ。きっとドローンに鍵を付けて中に戻したんですよ」

「それで矢嶋さん、あなたはいつどこでそのドローンを買ったんですか」

「え、僕がですか？」

「そうでしょう。あなたが小型のドローンを使って、ここから鍵を室内に戻したんでしょ。それならば密室の謎が解けそうです。しかし相当練習しないとこんな複雑な操縦はできないと思いますが、矢嶋さんはいつどこでそんな練習をしたんですか」

「いやいや。僕はドローンなんか知りませんよ。もちろん操縦した経験もありません」

「そうですよね。素面の時に何かの準備をしておけば、その記憶があるはずですからね。酔っ払いがその場の機転だけで作れる密室じゃないといけないんですね。矢嶋さん。この密室の謎は相当難しいですよ」

　二人は腕を組んで、部屋の見取り図を見つめた。

「矢嶋さんは、手品が得意だったとか、それらしい特技はないんですか」

「いや、全然」

「ミステリー小説はどうですか。どこかで画期的なトリックを読んでいて、酔っぱらいながらもそれを実行したってことはありませんか」

「ミステリー小説ですか。それならば、結構読んでます」

「それですよ。今まで読んだ作品の中で、現実的に使えそうなものはなかったですか」

「そうですねー。しかも、密室モノですよね」

「そうです。ディクスン・カーとか有栖《ありす》川有栖《がわありす》とか」

「うーん、そこまで本格好きではないんですが」

「漫画でもいいですよ」

矢嶋は頭を捻って考える。

「鍵ではなくて、扉そのものを取り替えたっていうのがありましたね」

「それは現実的じゃないでしょう。深夜のマンションの一〇階まで重い扉を運んで、取り付けていたら、絶対に誰かに見つかっちゃいますよ」

「いや、そういうトリックがあったって言っただけですよ」

加藤は真剣な表情で矢嶋の次の言葉を待っている。

「関節を外して狭いところから抜けるっていうのもありましたね」

「関節？　あなたは酒を飲むと、関節が外れやすくなる特技の持ち主なんですか」

「いやいや、そんな特技はありません」

矢嶋は大きく手を振って加藤の言葉を否定した。

「ちょっと矢嶋さん。真剣に考えてくださいよ」

「失礼な。これでも真剣に考えているんですよ。だけどミステリー小説に出てくるアイデアなんて、実際のところ非現実的なものばかりですから……。あ、毒蛇を使った殺人っていうのもありましたよ。それならば鉄格子の隙間でも入れられますし、換気扇からでも逃げられますよね」

「いい加減にしてください。毒蛇だったら毒殺じゃないですか。鑑識の調べで首を絞められた上での窒息死って結果が出てるんだから」

「そうですか。じゃあ、蛇はないですね」

「いや、待てよ。そうか、蛇か。蛇が首に巻き付いたならば、絞殺も可能か。矢嶋さん、あなたは酔っぱらうと、蛇使いになったりする特技がありますか」

「蛇使い？」

「おい！　二人ともいい加減にしろ」

後ろの席に座っていた瀬口が口を開いた。

「瀬口さん、だって密室の謎を解かないと……」

「密室殺人なんか、最初からない。答えは極めて簡単だ」

瀬口は不機嫌そうにそう言った。

「このトリックの謎を、瀬口さんが解いたって言うんですか」

加藤が思わずそう叫んだ。ミステリー好きの矢嶋と加藤がどう考えても解けないこの謎を、ミステリーとは一番縁遠そうな瀬口が「簡単だ」と言い放ったのだから無理もない。

「矢嶋。死体の第一発見者は、おまえと管理人の森さんだ」

「はい。そうです」

矢嶋は瀬口の顔を見た。瀬口は相変わらず横を向いたままで、苦虫を嚙み潰したような表情をしている。

「森さんが先に部屋に入りその後に続いたおまえは、玄関右側のベッドルームに一人で入った。そしてその時にポケットから取り出した鍵を、おまえはベッドルームにこっそり戻したんだ」

「ちょっと待ってください。それは、絶対にないです」

「どうしてだ」

「一二月一日は酔っていたから自分の記憶にないことをやってしまったかもしれません。しかし一二月三日、つまり死体を発見したあの夜は、僕はすべてをはっきりと覚えています。だからそんなことは絶対にやっていません」

「なぜ、そう言えるんだ。酒好きなおまえのことだ。ビールの一杯ぐらいは、その夜も飲んでいたんじゃないのか」

「いいえ。その日は生放送を控えていましたから。生放送の前に酒を飲むディレクターはいません。あの夜のあの時は、僕は一滴のアルコールも飲んでいません」

酒を飲んだ後ならば、何かをやってしまってその記憶がなくなった可能性もある。しかし素面ならば、自分がやったことを忘れるはずがない。

「間違いないか」

「ええ。これは紛れもない事実です。それに酩酊していた一二月一日に仮に鍵を手に入れて持ち帰ってしまったとしても、その後素面になった時に、他人の家の鍵を持っていれば、当然、その記憶は残るでしょう」

「お忙しいところ、何度もお時間をいただいてすいません。ちょっと気になることがいくつかあったもので」

　酩酊した矢嶋が犯行に及んだとする説は有力だったが、それでも密室の謎が残った。そこで瀬口と加藤は、再度関係者に聞き込みをすることにした。

「どうぞどうぞ。今回の件は、局としても警察に全面的に協力するように言われていますので、何なりとお聞きください」

　秋葉原ＦＭ編成部長の石丸雅史と会ったのは、局のすぐ近くの『ナツメ』という喫茶店だった。紺の制服に白いエプロンをつけたウエイトレスに、瀬口と加藤はホットコーヒーを、石丸はアイスココアをオーダーした。

「僕は下戸のせいか、甘いものが大好きでしてね。ここのアイスココアはなかなかいけますよ。ケーキも美味《おい》しいんですけどね」

　そう語りだした石丸は、茶色のレザージャケットを着ていた。同じマスコミ関係者でも、瀬口たちが日々相手にしている新聞社の事件記者とは大分毛色が違う。年齢は四〇歳を過ぎているというが、長くてふさふさした髪のせいか、見た感じは三〇代にしか見えない。しかし鋭い三白眼の持ち主で、社交的な笑顔の裏側で本当は何を考えているかわからないタイプの男だと瀬口は思った。

「ありがとうございます。まずは石丸さんと西山沙綾さんとの関係をお伺いしたい。石丸さんが西山沙綾さん、つまり西園寺沙也加をラジオのパーソナリティに抜擢したらしいですね」

まずは瀬口がそう訊ねた。

「ええ、三年ほど前に、ある知り合いの紹介で初めて会ったんです。漫画家っていうからどんなルックスの娘かと思ったら、あの美貌でしょ。喋りも面白かったし、こりゃタレント性があるなと思って深夜の生放送のパーソナリティに抜擢したんですよ」

石丸は運ばれてきたアイスココアのクリームを、ストローでかき混ぜながらそう言った。

「かなりの人気番組だったらしいですね。最近ではテレビにも出るようになっていましたし、そういう意味では石丸さんに先見の明があったわけですね」

「いやいや、たまたまですよ。当時でも西園寺沙也加は、漫画界では売れっ子でしたからね」

西園寺沙也加の漫画家デビューはもう一〇年以上も前だった。その後『名探偵・西園寺沙也加の事件簿』がヒットして、さらに美人漫画家として話題にはなっていたが、やはり石丸が抜擢したラジオのパーソナリティで文化人的な人気が沸騰した。そういう意味では石丸は鼻が利くらしく、今まで何人もの人気パーソナリティをプロデュースしていた。

「被害者が矢嶋さんと付き合っていたのはご存じでしたか」

「ちゃんとした報告を受けたことはありません。しかし矢嶋が誕生日プレゼントに例のネクタイをもらったあたりから、怪しいなとは思っていました」

「それはなぜですか」

石丸が頬をすぼめると、ストローの中を黒い液体が上がっていく。

「好きでもない男にイギリスの高級ネクタイをプレゼントすることはないでしょう。現場でそんな噂もありましたし、何しろラジオパーソナリティ西園寺沙也加の生みの親は僕ですから、彼女のことはなんとなくわかるんですよ」

瀬口は目の前のコーヒーをブラックのままで一口啜る。すぐに香ばしい香りが鼻から口腔いっぱいに広がっていく。

「そうですか。ところで石丸さんは、一〇月一五日に秋葉原の『磯野漁業』で行った番組の打ち上げに参加していますよね」

「はい。手帳にもその記録がありましたから、参加していたと思います」

「番組のアルバイトの女性が、その時に矢嶋さんが例の黄色いネクタイを外して頭に巻いていたのを見たと証言していますが、石丸さんもその記憶はありますか」

「あの番組の打ち上げはいつも馬鹿騒ぎになるので、そんなこともあったような気がします」

「石丸さんは、その時そのネクタイを持ち帰ったりしませんでしたか」

「いいえ。僕はあのネクタイには手も触れていないです。それは確かです」

石丸はまっすぐな目で、明確にそれを否定した。

「そうですか。ではその宴席の時に、あのネクタイの件で覚えていることはありませんか。たとえばあのネクタイを被害者が手に取ったりしていたとか」

加藤の質問に、石丸は暫く首を傾げて考える。

「ああ、していたかもしれません。せっかく自分がプレゼントしたネクタイをそんなふうに扱われて、気分を害したようにも見えました」

「その後、そのネクタイがどうなったかはわかりませんか」

「なにしろ、アルコールが入って相当盛り上がっていましたから、そのネクタイがその後どうなったかはとてもわかりませんね」

「そうですか」

石丸が軽く首を左右に振ると、加藤はため息交じりにそう言った。

「ところで石丸さんは、一二月二日の午後五時に、西山沙綾さんのマンションを訪れていますね」

今度は瀬口が手帳を見ながらそう訊ねる。

「はい」

「一階のオートロックのところで呼び出したけど、応答がなかった。だから管理人に頼んでマンション内に入れてもらい、彼女の部屋の前まで行ってドアを叩いた。それでも返答がなかったので諦めて帰ったと」

「ええ。その通りです」

「しかしそこまでして部屋に行きたかったというのは、何かよほど緊急の用事があったんでしょうね。電話では解決できない要件だったんですか」

石丸はストローで残りのアイスココアを一気に吸った。やがてズズズという音とともに氷が転がる音がした。

「もちろん何度か自宅やスマホに電話をしたのですが、彼女が全然出てくれなかったんです。締め切りに追われて、居留守を使ってるんだと思いまして」

「すぐに直接、会わなければならないほどの重大な用件だったんですか」

「やっぱり、それを言わなければなりませんかね」

「是非、教えていただきたいですね」

石丸は氷が溶けた水だらけのアイスココアをズズズと飲んだ。

「あの時、僕は彼女に結構な金額の金を借りようとしていたんです」

意外な答えに、瀬口と加藤は目を見合わせた。

「FX、外国為替証拠金取引ってご存じですか」

「ええ。名前だけは」

「為替の取引なんですが、レバレッジと言って現物の金の何倍もの資金で売り買いができるので、私のようなサラリーマンでも上手くやれば百万円単位の利益が出るんですよ」

「そうなんですか」

「しかし、その逆もあってちょっと読みが外れると、あっという間に何百万円もの金が吹っ飛んでしまう」

「それで金を彼女から借りようとしたと」

「ええ、急激な円高で相場が荒れている時で、追証といって追加のお金を入れないと僕の口座が強制的に決済されてしまうんですよ。しかし、外国為替なんて数日踏ん張っていれば必ず相場は戻るんですよ。そこが株と違うところで、株は会社が倒産したらすべてがパーですが、国が消えてなくなることはまずありませんから」

瀬口は頷きながら石丸のその言葉を聞いていた。

「西園寺沙也加には、部屋に置いてあるだけでも有り余るほどの現金があったんです。過去にもそうやってお願いして急場を凌《しの》いだことがあったんで、恥ずかしながら今回も彼女に縋《すが》ろうと思ったんですよ。彼女にとってみれば、僕が借りたかった数百万円なんて鼻くそのような金額なんです」

「なるほど。でも結局、お金は借りられなかった」

瀬口は死亡推定時刻を思い出しながら、そう訊いた。

「ええ。おかげで数百万円がパーですよ。女房にばれたら離婚ものですけどね」

石丸は自嘲《じちょう》気味に笑ってみせた。

「その口座の履歴などは、後で見せてもらってもよろしいですか」

「みっともないのでとても他人には見せたくないですが、刑事さんにそう言われればお断りするわけにはいきませんからね」

本当だろうか。そこまで言うならば、確かにFXで大損をしているのだろう。しかしそれだけで、石丸のその日の怪しげな行動が納得できたわけではないと、瀬口は思った。

「ところで石丸さん。二日の午後五時に被害者のマンションを訪れた時に、何か変わったことや気付いたことはありませんでしたか」

「そうですねー。玄関の前で何度かチャイムを鳴らして、数分粘っていましたが、特に変わったことはなかったですね」

「その時、通路側の窓は閉まっていましたか」

「さあ、どうでしょう。でも開いていたらそこから呼びかけたでしょうから、多分、閉まってたんだと思いますよ」

西園寺沙也加の担当編集の井沢尚登とは、神保町《じんぼうちょう》にある『あみん』という喫茶店で会うことができた。

お冷やを運んできたウエイトレスに井沢がブレンドを頼んだので、瀬口と加藤も同じくブレンドをオーダーする。井沢は紺のスーツに真っ白なYシャツ、それに緑のネクタイを固く締めていた。

「お忙しいところを何度もすいません」

瀬口はそう言いながら、加藤とともに軽く頭を下げる。

「あと四〇分で社に戻らないといけませんが、それまでならば時間があります」

漫画の編集者といえばもっとくだけた人物を想像したが、井沢はプラスチックの黒縁の眼鏡がよく似合う極めて真面目そうな人物だった。むしろ老舗百貨店の外商部にいそうなタイプで、有閑マダムに笑顔で高級品を売りつけているところを想像してしまう。

ウエイトレスが三つのコーヒーを運んできた。

「井沢さんはお幾つでしたっけ」

「三七歳です」

年齢の割には白髪が多いので、実年齢がわかりにくいタイプだった。

「独身ですか」

瀬口は井沢の左手の薬指を見ながらそう言った。

「はい」

「井沢さんぐらいイケメンだったら、結構、女の人にもてるんじゃないですか。今後も結婚されるご予定はないんですか」

「すいません。その質問は今回の事件と何か関係があるのですか」

黒いプラスチックの眼鏡を右手で押さえながら、ニコリともせず井沢は訊ねた。土足で人のプライベートに踏み込むなと牽制《けんせい》されたような気分だった。人当たりのよい好青年だと思ったが、意外と癖のある人物かもしれない。迂闊に性的なことでも質問したら、捜査令状を見せろと言い出すかもしれない。

「いや、直接事件とは関係ありませんが……」

「とりあえず結婚する予定はありません。それで刑事さん、私はこれから何をお答えすればよろしいですか」

そう言いながら井沢は露骨に腕時計に目を落とした。

「ええっとですね。井沢さんは、確か、被害者が殺された翌日の一二月二日の午後二時に、マンションを訪ねていますよね」

瀬口はわざと間延びしたトーンで、手帳を見ながらそう訊ねた。

「はい、そうです」

「その時の状況をもう一度教えてください」

「前にもお話しした通り、午後二時に西園寺先生のマンションに行きました。エントランスで一〇〇五号室を呼び出しましたが応答がなかったので、その後一〇三号室を呼び出しました」

「一〇三号室は、被害者と妹の西山瑠加さんが二人で借りていた仕事場でしたよね」

「ええ。一〇三号室には瑠加さんがいたので、先にそっちに顔を出しました。そこで瑠加さんと簡単な仕事の打ち合わせをして、その後一〇〇五号室に寄って部屋のチャイムを押してみたのですが、やっぱり返事がなかったので諦めて帰りました」

「何回、チャイムを鳴らしましたか」

「三回ぐらい鳴らしたと思います。さらにドアを叩いても応答がなかったので、結局会社に戻りました」

「しかし、もうその時は、被害者は亡くなっていたわけですよね」

「そういうことになりますね」

井沢はぶっきらぼうにそう言うと、目の前のコーヒーをまずそうに啜った。

「井沢さんは何の用事があって、その時、一〇〇五号室を訪ねようとしたんですか」

「仕事の相談は山のようにありますが、とりあえず次に出す単行本の装丁の件で相談しようと思ったのです。再来月に最新刊の単行本が出る予定でしたから」

「なるほど」

瀬口は敢えてそれだけ言って言葉を切ると、井沢は再び腕時計に視線を落とした。

テーブルにつかの間の沈黙が訪れて、他のテーブルの客たちの会話に紛れて、微かに店内に古いジャズナンバーが流れていることに気が付いた。

「……しかし本当のところは、ネームの締め切りが過ぎていたので、ちょっと様子を見ておこうと思ったんです」

沈黙に耐えかねたのか、井沢がそう語りはじめた。

「ほう？　ネームの締め切りですか」

「ええ。忙しすぎるせいか、当時、西園寺先生の作業はどれも滞りがちで、担当編集者から言わせてもらえば、タレント業などやらずに漫画に専念してもらいたいというのが本音だったんですけれどね」

そう言いながら井沢は白いカップを手に取って、コーヒーを一口飲んだ。端正な顔立ちが微《かす》かに歪んだ。

「ところで井沢さんは、死体が発見される直前の三日の夕方にも、あのマンションの入り口まで来ていますよね」

加藤が手帳を見ながらそう訊ねた。

「はい。その時はいよいよネームが危なかったんです。何度電話しても応答がなかったので、心配になって直接マンションを訪れました。しかしエントランスから何回呼び出しても応答がなかったので、諦めました」

「ところで井沢さん。あなたはその時、あの向かいのマンションにも入っていませんでしたか」

今度は瀬口が、井沢の表情を注意深く観察しながらそう訊ねた。

聞き込みの結果、三日の夕方に現場の向かいのマンションで、不審な男を見掛けたという情報があった。さらにその男は被害者の部屋の方を見ていたという証言があったが、さすがに死亡推定時刻を二日以上も過ぎていたので、捜査本部ではこの情報をさほど重要視してはいなかった。しかしその身なりや顔の印象から、その男はこの日の前の井沢ではないかと瀬口は推測していた。

「ええ、入りました」

あっさり認めたその一言に、瀬口は軽く驚いた。

「それはなぜですか」

「先生の部屋の様子を探ろうと思ったからです。何度電話をしても応答がないし、部屋の前まで行っても返事がない。居留守を使っているならばまだいいですが、最悪の事態を予想したからです」

「最悪の事態？　死んでいるということですか？」

「いやいや、まあ確かに結果的にはそれこそ最悪でしたが、私が言う最悪とは、逃亡しているかもしれないと思ったからです」

「逃亡？」

「漫画家は締め切りが迫ってくると、そのプレッシャーに耐えかねて逃亡してしまうことがよくあります。西園寺沙也加先生、つまり西山沙綾さんも最近、トリックのネタに苦しんでいて、精神的にはかなり不安定だと思っていました。だから……」

「逃亡しているかもしれないと」

「はい」

「それで、向かいのマンションからは何か見えましたか」

「いえ、特に何も見えませんでした。ただ先生がデスクに座って作業をしていれば、あそこから見えるはずなので、仕事をしていないことだけはわかりました」

「その後、井沢さんはどう考えましたか。トリックが思い付かなくて、ネームの締め切りが過ぎていたら、かなりまずいんじゃないんですか」

　瀬口は素朴にそう思った。井沢に怪しい様子はないが、あまりに冷静に語るその姿にちょっとした違和感を覚えた。

「ここ数日、何度電話をしても出ないし、部屋を訪れてもいる気配がない。いよいよ心配にはなったんですが、西園寺沙也加作品の場合は、作画ができる瑠加さんがいらっしゃるので、最悪でも原稿が落ちることはないなと思ったんです。それにラジオの生放送を飛ばすことは絶対にないと思い、最悪ラジオ局で先生を捕まえればいいと思っていました」

「なるほど、生放送に本人が来ないはずがありませんからね。ところで、過去に西園寺先生が逃亡したようなことはあったんですか」

「そんなことはありませんでしたが、当時、西園寺先生は、本当に極度のスランプに陥っていたんです。何か別の悩み事もあったらしく、仕事に集中できなかったのかもしれません」

井沢はそう言い終わると、目の前のコーヒーカップを口元に運んだ。瀬口も同様に黒い液体を一口飲んだ。しかしちょっと煮詰まりすぎていて、あまり美味しいとは思えなかった。

「ところで事件当時は、西園寺沙也加の連載は井沢さんの出版社だけだったんですよね。累計一〇〇〇万部の大人気作品らしいですね」

「ええ。もう一〇年も続いている連載ですから。それに最近ますます人気が出てきたので、どの出版社も西園寺沙也加作品は、喉から手が出るほど欲しかったでしょうね。

西園寺先生の作品があるかないかで、雑誌の売れ方や、極端な話、会社の経営まで左右されますから」

その猟奇的な表現のせいか、西園寺沙也加は大手出版社ではほとんど連載を持っていなかった。逆にそれほどの大手ではない井沢の会社にとって、西園寺沙也加が稼ぎ出す売上げは相当なインパクトがあったはずだ。

「そんな中、なぜ井沢さんの出版社だけ、彼女の作品を連載できていたんですか」

「新人のときからの付き合いがあるからです。ちょっと前までは、西園寺先生はうちの専属でしたからね」

「そうだったんですか。ところで井沢さん自身は、西園寺先生とはいつからのお知り合いだったんですか」

「先生がうちの編集部に持ち込みにやってきた時からです。その時対応したのが私ですから、一五年ぐらい前に会ってはいました。しかし私はその時に先生の才能に気付けなくて、本格的に仕事をするようになったのは、今の連載を引き継いだここ七年ぐらいですね」

「だから、井沢さんの出版社だけが、連載を続けてもらえることができたと」

「ええ。あとは西山瑠加さんの存在を私だけが知っていたのも、大きかったでしょうね。古い付き合いの私ですら暫くは教えてもらえなかったので、他の出版社の編集はその存在自体を知らなかったと思います」

「なぜ井沢さんは、瑠加さんの存在に気付いたんですか」

「西園寺先生の漫画のトリックに、ちょっとした違和感を覚えたからです」

「違和感？」

「私はミステリーが大好きだったので、打ち合わせの時にトリックのかなり細かい部分まで、徹底的に話し合うんです」

「なるほど」

「ところが何度か打ち合わせをしているうちに、あれほど鮮やかなトリックを思い付く西園寺先生が、過去の代表的なトリックを知らないことがままあったんです。さらに自分で考えたはずのトリックなのに、今ひとつその意味を理解していないことがあったり、その単純なミスに気付かなかったり、おやっと思うことが何度もあったんです」

　瀬口は黙ってゆっくり頷きながら、コーヒーカップに口をつける。

「やがて西園寺先生が考えていると思っていたトリックが、実は他の誰かが考えたものなんじゃないかと思うようになったんです。そしてある日、そのことを問い詰めたら、遂に瑠加さんの存在を教えてくれたんです」

「そんなことがあったんですか。それで結局、被害者が亡くなった後でも、『名探偵・西園寺沙也加の事件簿』は、妹の瑠加さんの手によって、問題なくそのまま連載が続いているわけですよね」

「ええ、こんなことを言っては不謹慎ですが、先生が密室で殺されたというセンセーションもあって、話題が話題を呼び売り上げは倍増しています。絵は姉の西園寺先生よりも実は瑠加さんの方が上手いので、そういう意味では作品のクオリティはむしろ以前よりも上がっています。もしも事件のことを知らなければ、読者は西園寺沙也加先生が死んだとは気付かないはずです」

「確かに絵は妹さんの西山瑠加さんが以前から手伝っていたから問題はないと思いますが、ストーリーとかは今は誰が考えているんですか」

「妹の瑠加さんです。瑠加さんはトリックを思い付くのは得意ですから、そこは問題なかったんです。まあ、及ばずながら、担当編集の私もお手伝いはしていますが」

「じゃあ、瑠加さんは、絵もストーリーも両方ともに才能があったわけですね」

「結果的に、そういうことになりますね」

「じゃあ当然、密室のトリックとかも、……色々思い付くわけですね」

井沢は頷くともなく頷くと、腕の時計をちらりと見た。そろそろ会社に戻らなければならないはずの時間だった。

「手塚さんは、どうやって西園寺沙也加さん、つまり被害者の西山沙綾さんと知り合ったんですか」

瀬口と加藤は、西園寺沙也加の顧問弁護士である手塚雄太郎にも事情聴取を行った。手塚が犯人である可能性は考えていなかったが、生前の被害者との交流などから事件解決のヒントが探れるのではないかと思ったからだった。

二人が通された小さな応接セットには、所狭しとミステリー小説や漫画、そして鉄道模型やフィギュアなどが雑然と置かれていた。椅子の上に置いてあった何だかわからない変なおもちゃをどかして、瀬口はそこに腰かけた。

「このビルの一階の焼き鳥屋ですよ」

手塚の弁護士事務所は、神田の雑居ビルの一室にあったが、その一階は焼き鳥屋で、『ミステリーナイツ』の飲み会も含め、西山沙綾は頻繁に利用していたそうだ。

「手塚さんも、下の店を利用することがあるんですか」

「そんなには行きませんが、月に一回ぐらいは顔を出します。ある日そこで編集の人と飲んでいる西園寺沙也加さんを偶然見つけたんですよ。僕は大のミステリー好きなんで、速攻で彼女にサインをもらったんです。そしてその流れでミステリー話に花が咲き、最終的に顧問弁護士までさせてもらいました」

「お茶をどうぞ」

その時、ふわふわウェーブの美人がお茶の入った紙コップを運んできた。瀬口はにっこり微笑んで礼を言ったが、可愛いのだがちょっと艶《つや》っぽいその佇《たたず》まいは、この雑然とした空間に似合わなかった。

「秘書さんですか」

加藤が小声で手塚に訊ねる。

「まさか。僕みたいな貧乏弁護士は、とても秘書なんか雇えませんよ」

「違うんですか」

「加奈子《かなこ》さんは僕のフィアンセです」

「フィアンセ？」

思わず瀬口と加藤の口が同時に動いた。こんな変人弁護士に、あんな美人の婚約者がいるのは驚きだった。

「加奈子さんとは、フェイスブックで知り合ったんですよ」

手塚は小声でそう言ったが、顔には満面の笑みを浮かべていた。

その言葉が聞こえたかどうかはわからないが、加奈子さんと呼ばれたふわふわウェーブの美女はにっこりと微笑み部屋の奥に消えていった。

「ところで、手塚さん。西園寺沙也加の顧問弁護士というのはどういう仕事をするんですか」

「出版社との契約書のチェックですかね。でも実はそういう仕事はごく僅かで、むしろ作品の中で法律的な間違いがないかなどを相談されていました」

「ほう。そういうことは頻繁にあったんですか」

「そう頻繁にはありませんでしたが、時々、ネームの段階で僕に原稿が送られてきて、それを読んでチェックをするんです」

「それもお金をもらってやってたんですか」

「沙也加さんは払うと言ったんですが、そんな貴重な経験をさせてもらってお金をもらうなんて申し訳ないので、僕の方で断っていました。あと時々いいトリックを思い付いたら、そのアイデアを沙也加さんに送ってあげたりもしていました」

「ちょっと待ってください。顧問弁護士がそんなこともするんですか」

加藤が目を丸くしてそう言った。

「いや、それは純粋に趣味です。でも僕の考えたトリックが、実際に作品に使われていたりもするんですよ」

瀬口と加藤は目を見合わせた。弁護士というからどんな先生が出てくるのかと思っていたが、目の前の人物は相当なミステリーおたくのようだった。

「それではちょっとお伺いしますが、今回の密室のようなトリックを、生前、被害者が口にしたりしていませんでしたか」

この事件が迷走しているのは、すべて密室の謎が解けないからだった。この風変わりな弁護士から、何かヒントがもらえないかと瀬口は内心期待した。

「さあ、どうでしょうか。この事件の密室トリックはよく話題にはなりますが、マスコミ報道だけでは今回の事件の詳しい密室の構造まではわかりませんから」

部屋の見取り図でも見せてみようか。瀬口はそうも思ったが、民間人にむやみに情報を開示するわけにもいかない。それでなくともこの弁護士は、トラブルメーカーになりそうな予感がした。

「そうでしたよね。それに密室とはいえ、実は第一発見者が鍵を戻しただけとか、単純なトリックもありますから」

「それでは犯人は、第一発見者ですか」

「いやいや、たとえばの話です。ところで手塚さん。あなたは被害者の遺言となったCDも管理されていたわけですが、あの遺言CDはいつ録音されたものなのですか」

「一年ぐらい前ですね。一年ぐらい前に封筒に入ったCDを沙也加さんから手渡されました。でも事件の三日前に、新しいCDが送られてきたんですよ」

「三日前？　それじゃあ、新しい遺言メッセージに修正されたわけですね」

「いや、それが後で聞き直したんですが、特にメッセージは変わってなかったんです。だからなんでわざわざ三日前に送ってきたのか、実は不思議なんですよ。まあ、敢えて言うと、新しく送られてきたものには、何か録音ミスのようなノイズが入っていましたが」

「そのCDをダビングしたものはお持ちですか」

「開封前はもちろんですが、開封後も絶対にダビングは録らないようにと本人に言われていましたから、矢嶋さんに渡したオリジナルしかありません」

　できればそれを調べてみたかったが、矢嶋の所にしかないのならばしょうがない。

「ところで手塚さんは、矢嶋さんとは面識があったんですか」

「いいえ。ＣＤを届けた時に初めて会いました。やっぱり、犯人は矢嶋さんなんですか」

「細かい捜査状況は申し上げられません。ところで手塚さんが、最後に被害者に会ったのはいつですか」

「うーん。二か月ぐらい前ですかね。それも下の焼き鳥屋で飲んでいた時に、ばったり会ったきりです。仕事は基本的にメールで済ましてしまうので、顧問弁護士といっても、きちんと会うのは年に一回あるかないかですね」

「それでは事件のあったあのマンションに、最後に行ったのはいつですか」

「いや、僕はあのマンションに行ったことはありません。仕事の話をする時は、この事務所か下の焼き鳥屋でしたから」

そう言いながら手塚は紙コップのお茶を口にした。瀬口も一口啜りながら、この弁護士からはこれ以上訊いても、捜査の進展は望めないだろうと思いはじめた。

「では最後に、事件のあった一二月一日の夜、手塚さんはどちらにいらっしゃいましたか」

「アリバイですね」

「まあ、そういうことです」

「いいですね。僕、一度そういう質問をされたかったんです」

手塚が嬉々《きき》とした表情を浮かべながらそう言った。

「青森に旅行中でした。東京に帰ってきたのは翌日の夕方です」

「それを立証できる人はいますか」

「僕は青森の恐山に、イタコ観光に行ってたんですよ。一度、本物のイタコさんが交霊するところを見たかったんです。でも最近ではイタコさんも高齢化で随分減ってしまって、何とネットで事前予約をしないと、交霊してくれないんですよ。イタコのネット予約ですよ。夢のない世の中になりましたよね」

「はあ?」

「いや、だから僕が交霊をお願いしたイタコさんに聞いてもらえれば、僕のアリバイは立証されると思いますよ」

第六章

「矢嶋さん、あなたがあの密室殺人の犯人だったんですか」

挨拶もそこそこに、手塚雄太郎はそう訊いてきた。

この風変わりな童顔の弁護士から電話があったのは昨日のことだった。

『もしも矢嶋さんが逮捕されたら、僕を担当弁護士に雇いませんか』という弁護業務の売り込みだった。

あの変人に会うのは危険とも思ったが、兼田の法律事務所は高すぎて相談するだけでも結構な金額を請求された。それに手塚にも警察の事情聴取があったらしく、その時の様子も聞きたかったので、とにかく局の近くの『ナツメ』という喫茶店で話をしようということになった。

「誰がそんなことを言ったんですか」

「明確にそう言ったわけではありませんが、警察は相当矢嶋さんのことを疑っていますよ。逮捕は時間の問題じゃないでしょうか」

「そこまで容疑が深まっているんですか」

矢嶋はため息交じりにそう言った。

「矢嶋さん、教えてください。あなたはどうやってあの密室を作ったんですか」

制服を着たウエイトレスが、矢嶋のホットコーヒーと手塚のアイスココアを運んできた。二人のテーブルに一瞬の静寂が訪れる。

「それがよくわからないんですよ。事件があった夜に沙也加の部屋を訪ねたのは確かなんですが、その時は相当酔っぱらっていて、ほとんど記憶がないんです」

ウエイトレスが席を離れると、矢嶋は小さな声でそう言った。

「え、まさか。じゃあ、どうやって密室を作ったのか、矢嶋さんは覚えていないんですか」

「そうなんですよ。事情聴取でも再三訊かれたんですが、僕がどうやってあんな密室を作ったのか、全く覚えていないんです。そもそもあれは、本当に僕が作った密室なのかどうか」

「そ、そんなー」

手塚はテーブルに突っ伏して、大きな声で嘆きだした。

「ちょ、ちょっと、手塚さん。手塚さん？」

よく見ると手塚は泣いていた。なぜ、この男がここで泣く必要があるのだろうか。

「これが落ち着いていられますか！」

手塚が大きく拳でテーブルを叩くと、矢嶋のコーヒーカップが躍り黒い液体がこぼれそうになった。

「だ、大丈夫ですか。何かありましたか」

その大声に、ウエイトレスが驚いてやってきてしまった。

「あ、失礼しました。大丈夫です」

手塚は右手を挙げて、ウエイトレスを軽く制した。

「手塚さん。あなたはそんなに密室の謎が知りたかったんですか」

矢嶋は目の前の人物が、大のミステリー好きだったことを思い出した。

「そりゃそうでしょう。絶滅したと言われて久しい密室殺人が、リアルに再現したんですよ。この謎を知りたくないはずがないでしょう」

「まあ、それはそうですが」

「リアル密室殺人といえば、一九世紀初頭のパリで起きたローズ・デラクール事件です。『モルグ街の殺人』のモデルにもなったと言われるこの密室殺人事件以来、古今東西、創造作品の中でたくさんの密室が作られてきました。そしてこの西園寺沙也加密室殺人事件は、現代の日本で起こった本格的な密室殺人だと思っていたのに……」

手塚はそう言うと、今度は天井を見上げて涙を堪《こら》えていた。それを遠くからウエイトレスが不思議そうな顔で覗いている。

「手塚さん。そんなに悲しまないでください」

「すいません。滅多に人前で涙は見せないのですが、なにしろ大好きな密室のことなので」

「い、いやー。そんなことよりも、僕の弁護業務のことを話し合いませんか」

「あ、そうでしたね。悲しすぎる話を聞いて、つい取り乱してしまいました。もう、大丈夫です。お騒がせして申し訳ありません」

手塚はハンカチで涙を拭きながらそう言った。

「ちなみに創造作品の中では今まで様々な密室が発表されてきました。しかしリアルな密室殺人としては、一酸化炭素中毒や自殺など、結構簡単な捜査でその謎が解明されてしまっているんです。たとえばですね……」

手塚は小説における密室殺人事件とリアルに起こった密室死亡事件の歴史を、詳細に説明してくれたが、そこまで細かい知識を矢嶋は必要としてはいなかった。やはりこの人物を頼りにしようと思った自分が間違っていたのか。

「あれ、でもおかしいですね」

何かに気付いたのか。急に手塚は大きく首を捻りぶつぶつと呟いている。

「何か気になることでもありますか」

「いくら酔っぱらっていたからって、いや、むしろ酔っぱらっていたのに、どうやって矢嶋さんは密室を作ることができたんですか」

「そうなんです。だから、事情聴取でもそのことが問題となって……」

「矢嶋さんは、酔うとどうなるタイプですか。泣き上戸とか、急に酒乱になるとか」

「いや、酒乱っていうほどではありませんが、結構はじけちゃう方ではありますね。まあ、陽気に騒ぐタイプですかね」

「陽気に騒いで、……密室を作る。矢嶋さん、今度、是非僕と一緒にお酒を飲んでもらえませんか」

「いやいや、酔って密室を作る趣味はありません」

「密室を作る趣味がない？　あれ、だったら、矢嶋さんは犯人じゃないんじゃないですか」

手塚はそう呟いた。

「何でそう言い切れるんですか」

「殺そうと思えば、人を殺すのは誰にでもできますが、こんな難しい密室を作れる人は滅多にいません。矢嶋さんが犯人だと思うから密室の謎が解けないのであって、密室の謎を解いてしまえば、新たな犯人像が浮かび上がってくるかもしれません。ちょっと詳しい話を訊かせてもらえますか」

矢嶋は、殺人現場の状況、密室状態となってしまった部屋、ネクタイからＤＮＡが検出された事実、そして酒に酔って殺人をした可能性を仄めかした調書にサインを求められていることなどを説明した。

「矢嶋さん。今日僕と会ったのは、ラッキーだったかもしれませんよ」

「どうしてですか」

「日本中に弁護士はごまんといますが、民事と刑事じゃ全然やり方が違うんですよ」

「民事と刑事？　今回の僕のパターンは刑事事件ですよね」

矢嶋はそう言いながら、目の前の男を凝視する。

「はい、そうです。しかし裁判で儲《もう》かるのは圧倒的に民事なんです。一方で民事事件が得意な弁護士が高額な弁護費用を取るからといって、刑事事件に強いかというとそうでもないんです」

矢嶋は兼田のことを思い出した。

「刑事事件は全く経験がないという弁護士もざらにいます」

「手塚さんは、民事と刑事だと、どっちが得意なんですか」

「得意とか不得意とか以前の問題として、僕は民事事件は、あまり好きになれないんです」

「好きになれない?」

「ええ、民事ってつまらないっていうか、せこいんです」

「それはどういうことですか」

「まあ、民事だからしょうがないんですけど、慰謝料が高く取れたとか、損害賠償金が安くすんだとか、結局、金の多寡を決める裁判なんです。最初から結論は決まっていて、要は金額の問題なんですよ。そして高く取れた慰謝料や安くすんだ賠償金の分け前を、弁護士がもらうようなものなんです」

「へー、そういうものなんですか」

「だけど刑事事件では、執行猶予がつくとかつかないとか、同じ懲役でも何年刑期を減らせるとか、場合によっては有罪だった事件がいきなり無罪になったりして、とにかくドラマチックなんです」

「じゃあ、手塚さんは刑事事件を今まで相当やってきたわけですね」

「いや、数はそれほどでもありません」

矢嶋はちょっと考える。

「数はそれほどではないけれども、手塚さんはなにか凄《すご》い実績を残したとか」

「いいえ。それほどの実績もありません」

手塚はそう言った後に、目の前のアイスココアを飲みはじめた。

矢嶋は急に不安になってきた。

やっぱり目の前のこの人物をあてにしたのは間違いだった。なにしろ自分から、弁護士のセールス電話を掛けてきたぐらいだ。実は単純に仕事がなくて困っていただけではないのか。手塚は矢嶋のそんな気持ちには全く気付かず、アイスココアを美味しそうに飲んでいる。

「ただ僕は、興味のある刑事事件の弁護は、損得を考えずに没頭するタイプです。矢嶋さん、あなたが逮捕された暁には、僕を担当弁護士にしてください」

暁? ちょっと言葉遣いが違うような気がしたが、ミステリー好きのこの弁護士にとっては、正しい遣い方なのかもしれない。いずれにせよ、やっぱりこの弁護士は信用しない方がいいだろう。矢嶋は丁重にお断りしようと内心決意した。

「検討はさせていただきますが、いずれにしてもまだ逮捕されたわけではないので」

「でも準備はしておいた方がいいですよ。逮捕されたら、暫くは弁護士以外とは会えませんから」

「そうなんですか」

「国選弁護人制度とかもありますが、逮捕直後に弁護士に会おうと思ったら、事前に弁護士は決めておいた方がいいです。警察は容疑者が弁護士と接見する前に、徹底的に調べ上げて取り調べの主導権を握ろうとしますから」

その一言に矢嶋は急に不安になる。

「痴漢や軽犯罪ならば、逮捕されても起訴猶予ということもありますが、矢嶋さんのような殺人事件では、嫌疑不十分や嫌疑なしなど、本当に犯人じゃないことを証明しなければ不起訴はあり得ません」

「じゃあ、逮捕されたら起訴されてしまうってことですか」

「そりゃそうですよ。警察だって威信がありますから。逮捕したのに不起訴となれば、これは相当な責任問題です。所轄の警察署長の首が飛びかねませんから、徹底的に取り調べられることは覚悟しておいてください」

徹底的に取り調べを受けたら、罪を認めてしまうかもしれないと矢嶋は思った。

「手塚さん。酔って人を殺したとしたら、記憶がなくても殺人罪にされてしまうんですか」

「刑法三九条、心神喪失者の不法行為は罰しないってやつですね。これは被疑者に記憶や殺意が本当になかったことを立証するのが難しく、そう簡単に減刑されるわけではありません」

「嘘をついていると思われればそれまでというわけですか」

「そうですね。でも安心してください。矢嶋さんは絶対に犯人なんかじゃありませんから」

「え、どうしてそう断言できるんですか。当事者の僕でさえ、あの夜の記憶が曖昧なので自分が犯人かもしれないと思ってしまうのに」

「そんなの簡単ですよ。だって、矢嶋さんは密室が作れませんから。それがなによりの証拠です。もしも僕に弁護を任せてもらえれば、矢嶋さんを必ず無罪にして見せます。もし負けてしまったとしても、報酬金はもちろん着手金もいりません」

「本当ですか」

「もちろんです」

弁護士費用もさることながら、矢嶋は手塚が自分の無罪を信じてくれていることが嬉《うれ》しかった。警察はもちろん、知人の弁護士の兼田ですら、矢嶋の無実を信じてはいない。しかしこの風変わりな弁護士は、矢嶋の無実を全面的に信じている。その根拠は単に矢嶋には密室が作れないからというだけの理由だったが、しかしそれでも今の矢嶋には涙が出るほど嬉しかった。

「でもまだ逮捕が決まったわけじゃありませんよね。私もちょっと調べてみますので、犯人の目星がついたらまた連絡します」

「是非、お願いします」

「ところで矢嶋さん。一つお願いしてもいいですか」

手塚が真剣な表情で矢嶋に訊ねた。

「何ですか」

「アイスココアをもう一杯、おかわりしてもいいですか。これ、とっても美味しかったので」


その日も瀬口と加藤は、一日中関係者の聞き込みを行っていた。

『メゾン・ド・秋葉原』一階の一〇三号室、妹の西山瑠加が仕事場としている部屋に着いたのは、午後三時を過ぎた頃だった。

二人が花柄のソファに腰を下ろすと、瑠加はホットコーヒーの入った白いカップをそっと置いた。瀬口は「お気を遣わずに」と礼を言う。壁際には大きな本棚が二つあり、そこに本と漫画がびっしりと並べられていた。背表紙を見ると、そのほとんどがミステリーだった。部屋の中はきれいに片付いていて、女性らしい可愛いデザインの家具や文房具が目についたが、姉の西山沙綾の部屋で見たコンピューターで漫画を描く機械、液晶ペンタブレットも机の上に置かれていた。

瑠加の唇のピンクの口紅が濡れている。

以前会った時よりも、どことなく華やいでいるように瀬口には見えた。漫画家としての自分の存在が認知されるようになったからか、それとも恋でもしているのか。お嬢さん風のベージュのワンピースが、清楚な彼女の顔立ちによく似合っていた。

瑠加は机の上のパソコンのキーボードを叩きはじめる。

『なんでもお訊きになりたいことを言ってください。声は出ませんが耳は健常者と同じように聞こえます。質問にはこのパソコンでお答えします』

彼女から見せられたパソコンのモニターにはそう表示されていた。

「よろしくお願いします」

瀬口がそう言うと、再び彼女が何かを書き込む。

『隣に座ってもよろしいですか』

これならば、いちいちパソコンを動かさなくても筆談ができる。

「もちろんです」

瀬口がそう答えると同時に加藤が席を詰める。真ん中に瀬口、その右に加藤、そして左に瑠加が座ったが、三人が腰かけるには少々ソファが小さかった。瑠加の右腕が瀬口に密着して、シャンプーなのかコロンなのか女性らしいいい匂いが鼻をくすぐった。急に若い女性の部屋にいることを意識して、瀬口は内心の動揺を顔に出さないように注意する。

「一二月二日にあなたはこのマンションに来ていますが、もう一度、その日のことを教えてください」

死亡推定時刻を過ぎてはいたが、瑠加もこのマンションにやってきた。石丸や井沢とは違いこの一〇三号室の鍵を持っている彼女は、一階のエントランスでその鍵を差し込めば、このマンションに入ることはできる。

『午後一時にこのマンションに来て、直接この部屋に入りました。色々仕事が溜まっていましたので、その日はここで作業をしていましたが、午後六時ぐらいに自宅に帰りました。帰り際に姉に挨拶をしようと一〇〇五号室の前まで行きましたが、何度かチャイムを押しても応答がなかったのでそのまま帰りました』

瑠加はすぐに、パソコンのキーボードを叩き出す。瀬口や加藤がキーボードを打つ数倍のスピードで、白くて細い彼女の指が動いている。

「瑠加さんは、一〇〇五号室の鍵は持っていなかったのですね」

『はい。この一〇三号室の鍵は、姉と一本ずつ持ち合っていたのですが、一〇〇五号室は姉のプライバシーもありますので、鍵は預かっていませんでした』

「一二月三日にもこのマンションにいらっしゃいましたが、何をしていたのですか」

『次回、発売される単行本の直しをしていました。連載の方は姉の作業が終わらないと私の仕事もできませんので、姉から連絡が入るのを待っていました。メールを何回か入れたのですが返事が返って来ないので、不審には感じましたが、まさかこんなことになっているとは夢にも思いませんでした』

微かな音を立てて瑠加の白い指がキーボードの上を躍っている。瀬口の指は太くてごついが、瑠加の指はしなやかで美しかった。

「次にこのマンションを訪れたのはいつですか」

『一二月四日、姉の死体が見つかった翌日です』

ここまでは、以前の聴取でもわかっていたことだった。

何をどうやって訊くべきか。そう思いながら瀬口がコーヒーを一口飲むと、思いもよらぬスパイシーな味がした。

『シナモンコーヒーです』

瀬口がカップに鼻を近づけると、確かに爽やかなシナモンの匂いがした。

『コーヒーに少しだけシナモンを入れるんです。私は大好きなんですが、お口に合いませんでしたか？』

キーボードを叩き終わると、瑠加が心配そうに瀬口の顔を覗き込む。

「いや、とても美味しいです。なあ、加藤」

加藤もそれに同意する。

「こんなコーヒーもあるんですね。いや、話には聞いていましたが、こんなに美味しいとは知りませんでした」

『それは、とってもよかったです』

瑠加の美しい笑顔に、瀬口は一瞬ドキリとする。これが事情聴取でなかったら、何か勘違いをしてしまいそうだ。

「お姉さんが亡くなって漫画のお仕事が大変だと思いますが、今はトリックなどのアイデアは誰が考えているんですか」

『私と、編集の井沢さんと二人で考えています』

「プロのミステリー作家から見て、今回の密室事件をどう思いますか」

『そもそもこれは、本当に密室殺人なのでしょうか』

「なぜ、そう思われるのですか」

『世間では密室殺人と騒がれていますが、本当に小説や漫画のようなトリックが使われたとは思えないからです。管理人室のマスターキーを持ち出して、犯人が施錠した可能性もあります』

「そんなことをしそうな人物に、瑠加さんは心当たりでもあるんですか」

『いいえ。ただ現実的にはそう考えた方が自然かと思いまして』

ミステリー作家なのでひょっとしたらと思って訊いてはみたが、やはり何かのトリックを使ってあの部屋を密室にするのは簡単ではないようだ。

「瑠加さんはこのマンションを仕事場としていますが、マンションの住人の中でお姉さんと知り合いだった方とかご存じありませんか」

瑠加はちょっと首を捻って考える。

『特に思い付きませんし、姉からそのような話を聞いたこともありません。マンションの管理組合とかもありますが、私も姉もそういうのを敬遠していましたので。それにこのマンションの住人は単身者が多くて、近所付き合いをするようなタイプの人はあまりいませんでした』

「ましてやお姉さんを殺すような動機の持ち主は思い付かないと」

軽快に動いていた瑠加の白い指の動きが止まった。何かを書こうとするが、その指が躊躇《ちゅうちょ》していた。

「何か、思い出しましたか」

『本当に何かのトリックを使ったとすれば、ひょっとして姉が自殺して、自ら密室を作った可能性はあります』

ディスプレイに表示されたその文章を見て、瀬口は身を仰《の》け反らせて、瑠加の顔を見た。

「お姉さんが自殺するような動機に、何か心当たりでもあるんですか」

『実は、姉は殺される数日前から、何かに深刻に悩んでいました』

担当編集の井沢もそんなことを言っていたのを思い出す。

「それはお姉さんが、酷いスランプで悩んでいたということですか」

『さあ、そうかもしれませんし、そうじゃないかもしれません』

「いずれにせよ、何かの悩みが原因でお姉さんが自殺したと」

『その可能性は捨て切れないと思います。ラジオで紹介されたあの遺言メッセージもできすぎだと思いました。姉は昔から強く何かを思いこむと、現実と空想の差がわからなくなることがあったのです。たとえば小学生の頃、姉はペットで飼っていたハムスターを殺してしまったことがありました』

瀬口の背筋がゾクリとする。

『そのハムスターは私がとても可愛がっていたので、その時ばかりは、泣いて抗議をしました。親も私と一緒になって姉を叱責《しっせき》しましたが、最後まで姉はわけのわからないことを言い張って謝りませんでした』

「泣いて抗議をした？　失礼ですが、その時は言葉の方は……」

『はい、まだその時は私は失語症になっていませんでした。だからその時は、姉と取っ組み合いの喧嘩になりました』

「ああ、そうだったのですか」

瀬口は勝手にこの目の前の美女が、先天的に言葉が不自由なものだと思い込んでいた。

「もし差し支えがなかったら、いつからそのご病気になったか教えてもらえませんか」

『私が失語症、正確には心因性の失声症になったのは、一六歳の時です。両親と行った北海道旅行で交通事故にあってからです』

「確か、その時にご両親がともに亡くなられたのですよね」

『はい。私も大怪我をして、助かったのが奇跡的と言われました』

瀬口は瑠加をちらりと見る。清楚で健康そうな隣の美女が、過去にそんな大怪我をしたようには見えなかった。

『身体的な傷も酷かったですが、大好きだった両親を一遍に亡くした精神的なショックも辛かったです。さらに今回、姉まで亡くしてしまって、遂に私は一人ぼっちになってしまいました』

長い黒髪が横顔を隠していたので、今、瑠加がどんな表情をしているのかは瀬口からは見えなかった。

「本当にお悔やみ申し上げます」

暫く沈黙が続いたが、やがて瑠加の指がキーボードを叩きはじめる。

『もしも犯人がわからないのならば、自殺の可能性も検討した方がいいと思います』

「そうですか。しかし警察では、お姉さんが自殺した可能性は低いと考えています。お姉さんの死因は黄色いネクタイによる絞殺です」

『そうでしょうか？　姉だったら、他殺に見せかけた自殺のトリックを思い付くかもしれません』

「それはどんな方法ですか」

捜査をしている最中に、何度かそのことは考えた。しかしそんなことができるだろうか。もしもそんなトリックがあったとしたら、密室の謎以上に難しいだろう。警察の科学的かつ合理的な捜査では、西山沙綾の自殺は認めることはできなかった。

『さあ、さすがにそのトリックまではわかりません。しかし、姉は私と違って天才だったので、そんなことも思い付いてしまうかもしれません』

「天才ですか？　編集の井沢さんによると、絵やトリックのネタはむしろ瑠加さんの方が得意だったとお聞きしましたが」

『確かに絵は私の方が上手いかもしれません。しかしトリックは、私は過去のトリックをアレンジするのが得意だっただけです。オリジナリティが高くびっくりするようなトリックは、やはり姉には敵いません』

瀬口は目の前のシナモンコーヒーを口にした。井沢と瑠加の話が微妙に食い違うのはなぜだろうか。

「ところで瑠加さんにとって、お姉さんはどういう存在でしたか。子供の頃から、お二人は仲がよかったんですか」

『小さい頃は姉のことは大嫌いでした。姉も私のことを大嫌いだったと思います』

「ほう。それはまた、どうしてですか」

『姉は子供の頃から反抗的で、また奇抜な行動をよく取っていたので、両親は正直どう対処していいか困っていました。学校からもしょっちゅう呼び出されていましたし、時々、家出をすることもあったぐらいです。やはり天才肌だったんで、小さい頃から学校や家庭の常識には収まりきらなかったのかもしれません』

瀬口は、事件後目を通した西園寺沙也加作品を思い出した。確かにあんな気持ちの悪い漫画を描くのだから、子供の時から変わった感覚の持ち主だったのかもしれない。

『そんな姉を見ていたせいで、逆に私は親の言うことをよく聞きました。両親はそんな私を溺愛《できあい》してくれましたが、そんな器用に立ち回る私を見て、姉はどんどん私のことが嫌いになっていったんだと思います。ハムスターを殺したのも、そんな私から愛するものを奪いたかったんでしょう。今だから言えることですが、小さい頃から私と姉は色んなものを奪い合っていたんだと思います』

「そうかもしれませんね」

同性同士の兄弟姉妹は、極端に仲がよくなるか悪くなるかのどちらかと言われる。瀬口にも三歳違いの兄がいたので、素直に瑠加の意見に同意した。

『ええ。でもそんなことをしているうちに、最愛の両親を事故で失ってしまった。しかも私は言葉までも失いました。すると姉は、急に別人のように私に優しくしてくれるようになりました』

「そうだったんですか」

『言葉を失ってからは、姉が私の心の窓でした。姉は私が言いたいことやりたいことをいつもわかってくれましたし、なにより本や漫画ばかり読んで部屋に閉じこもっていた私を、外に連れ出してくれたのは姉でした』

瑠加はキーボードを叩き終わるとコーヒーを一口啜った。

「ところで原稿料や印税は、お姉さんと折半していたのですか」

『いいえ。お金は姉が管理していました。あくまで私はアシスタント料として、生活するには困らない程度のお金をもらっていただけです。正直、将来のこともあったので、もう少し欲しいと要求したこともあったのですが、世間知らずの私が大金を持つのはよくないと、まとまった現金をもらうことはありませんでした。実際は、私名義の口座に貯金をしてくれていたようですが、その管理は姉がやっていました』

「契約書とかはどうなっていたんですか。漫画本が売れると印税の一部が瑠加さんに支払われるみたいなことはなかったんですか」

『ありませんでした。今は井沢さんとお話しして、すべての権利が私にあるように直してもらいました』

その金額はいかほどだろうか。

両親も子供もいなかった西山沙綾の財産は、すべてこの妹の瑠加に相続された。目の前の美女は、一夜にしてとんでもない億万長者になったことになる。

「あなたの目から見て、テレビやラジオで活躍するお姉さんを羨ましいと思ったことはありませんか。つまり、本来であれば漫画家の西園寺沙也加は二人であるはずなのに、美味しいところばかりお姉さんが持っていってしまう。自分は一人で地味に漫画を描かされるばかりでつまらないとか」

『全然ありません。そもそも私にはハンディキャップがありますので、マスコミに出たいとは思いません。それに私は漫画を描いていることが、人生で最大の楽しみなのです。しかもそれが多くの人に喜んで読んでもらえる。こんなに幸せなことはありません』


「すいません。お忙しいところを」

瀬口と加藤が『メゾン・ド・秋葉原』一階の管理人室を訪れると、紺色の制服を着た管理人の森健一郎が出迎えてくれた。管理人室内にはモニターが三つあり、一階エントランス、非常階段、地下二階の駐車場の様子が映し出されていた。さらにその隣には小型のテレビがあり、その横に黒いラジオが置いてあった。

「いやいや、どうせ暇ですから。どうぞ、どうぞ、お座りください」

森は二人に緑色の丸椅子を勧めると、そそくさと立ち上がり奥の小部屋に入っていった。

「今、お茶を淹れますので、ちょっと待っててください」

「いやいや、おかまいなく」

森が奥の小部屋に消えると、ポットでお湯を注ぐ音がした。加藤と二人で部屋の様子を眺めていると、やがてコーヒーカップが三つ載ったトレイを持った森が現れた。森は瀬口と加藤の前にあった灰色の机の上にカップを二つ置くと、自分も腰かけて三つ目のカップを手に取った。

「インスタントで申し訳ありませんが」

「どうも、ありがとうございます」

「で、どうなんですか。そろそろ犯人の目星はついたんですか」

興味津々といった表情で森は訊ねる。自分が管理していたマンションで事件があり、しかも死体の第一発見者なのだから、当然捜査の進捗《しんちょく》は気にはなるはずだ。

「捜査の詳しいことは申し上げられませんが、今日は二つ三つ、森さんにお訊ねしたいことがありまして」

瀬口は黒い手帳を開きながらそう語りかけた。

「どうぞどうぞ、なんなりと聞いてください」

森が何度も首を縦に振るので、頭頂部の薄くなった肌色の地肌が嫌でも目について しまう。森は来年で七〇歳になる。この管理人の仕事もいよいよきつくなってきたので、七〇歳の誕生日を機に引退しようと考えているそうだ。

「森さん。この管理人室では、各部屋のスペアキーをどうやって保管しているのですか」

瀬口の質問に森は立ち上がり、管理人室の奥の一番上にある戸棚を指差した。そこには大きな鍵がかかっている。

「あの中に入っています。各部屋のスペアキーが入っていて、あの戸棚の鍵は常時、私ども管理人が腰紐につけて持ち運んでいます。中をご覧になりますか」

森は座っていた椅子を移動させて、靴を脱いでその上に立ち戸棚の鍵を開けてくれた。その後瀬口が森の代わりにその椅子の上に立ち戸棚の中を覗くと、各部屋のスペアキーがずらりと並んでいた。瀬口は戸棚の前後左右を注意深くチェックする。戸棚に破損された跡はなく扉の鍵も頑丈だった。続いて加藤も戸棚をチェックしたが、特に異常は見られなかった。

「これじゃあ、誰かがこっそり盗み出すことはできそうにないですね」

「そうです。それに仮にあの戸棚が開けられたとしても、どの鍵がどの部屋のものかは、簡単にはわからないようになっています。おそらく区別がつくのは、私たち管理人だけだと思います」

このマンションは四人の管理人により、昼夜交代の二四時間体制で管理されていた。事件当日の夜勤だった森以外は、すべてアリバイが証明され被害者との特別な接点もなかったことが確認されていた。

「森さん。次に三日の深夜に、死体を発見した時のことですが、矢嶋さんはベッドルームを覗いていたんですよね」

「ちょっとだけですけどね」

三人が席に戻ると、森が自分のコーヒーを一口啜る。瀬口と加藤の前に置かれたコーヒーカップはそのままで、白い湯気が立っていた。

「その辺のことを、もう少し詳しく話してもらえますか」

「はい。すぐに追ってこないのでちょっと後ろを振り返ったら、矢嶋さんの半身がそのベッドルームに入っていたのが見えました。本人がいないかどうか、確認していたのかもしれません。しかしそれも一瞬で、すぐに死体のあったリビングにやってきま
した」
　矢嶋が半身をベッドルームに入れた時に、鍵を戻したとすれば事件は一件落着だ。
密室もへったくれもなく、単なる殺人事件として完全に説明できる。しかし矢嶋は、
それを断固として否定している。
「もう一度、一日の夜のことを教えてください。あの日、矢嶋さんが帰った後に、森
さんはずっとこの管理人室にいたんですよね」
「はい。このマンションは夜間も起きて管理する規則になっていますので、ここでテ
レビを見ながら過ごしていました。午前一時と三時に巡回するのですが、その時はこ
こを出て地下の駐車場から一〇階まで一通り回りました」
　もしも仮に矢嶋が犯人ではないとすれば、その夜にマンションにいて鍵も自由にで
きる人物は、この森しかいない。森であれば、時間的にも物理的にも被害者を殺害で
きる。深夜にいきなり訪問しても、それらしい理由を付ければ部屋の中に入れてもら
えるだろう。そして首を絞めた後、スペアキーで施錠すればそれで終わりだ。
「その時、一〇〇五号室の前まで行きましたか」

「前までは行っていません。階段から通路を見て異常がなければそれまでです」

しかし何度話を聞いていても、この初老の管理人に怪しいところは見つからない。敢えて怪しいとすれば、供述が全くぶれないところだ。答える内容を事前にしっかり決めておけば、そうなるかもしれない。

「つまり、その夜も特に異変はなかったわけですね」

「ええ。深夜ですので、時々、大型トラックの音が聞こえるぐらいで、あとは本当に静かなものです」

もしも矢嶋が犯人でないとすれば、犯行が行われたのは矢嶋がマンションを出た後から翌日の午前三時ぐらいまでの間だ。森はまさか自分が疑われているとは微塵《みじん》も思わず、目を細めながら美味しそうにコーヒーを飲んでいた。

瀬口には、この目の前の人物の件で、気になっていることが一つだけあった。

「ちょっとプライベートなことになりますが、森さんのお孫さんは、一年ほど前に不幸な事件に巻き込まれていますね」

目を細めていた森の顔に暗い翳《かげ》がさした。

「そ、それは……」

「お孫さんが巻き込まれた、あの監禁事件のことです」

手にしていたコーヒーカップが大きく揺れ、森の目が何度も瞬いた。

「一年前の足立で起こった幼児監禁事件です。一九歳の予備校生が四歳の女の子を誘拐し、二週間にわたって監禁した」

森が手にしたカップから黒い液体がこぼれ落ちていて、森の足元を濡らしていた。

「その被害者の四歳の女の子は、森さんのお孫さんですよね」

「ご、ご存じなんですね。まあ、警察の方ならば、当然でしょうが……。思い出したくもない事件です」

「お孫さんは無事に保護されて被害者はもちろん、犯人も未成年だったので実名が出ることはありませんでした。目立った外傷もなかったのでそれ以上事件の詳細は伝えられませんでしたが、監禁されていた二週間に何があったかは、発表はされなくとも想像はつきます」

「止めてください。息子の家族たちはそういう事件があったこと自体、忘れようとしているのです。幸い孫はまだ四歳でした。ひょっとしたら事件そのものを忘れてしまうかもしれません。保護された直後は心配しましたが、今ではすっかり明るくなっていますから」

森はカップを机に置いて、厳しい目付きでそう言った。

「当時、同じような少女監禁事件が何件かあり、その犯人たちが児童ポルノや猟奇的な漫画を好んで蒐集《しゅうしゅう》していました。そこで一部の国会議員が児童ポルノと青少年漫画の過激な表現を問題視しました」

森は何も喋らない。管理人室には時を刻む壁の時計の音だけが響いていた。

「ところで森さん。あの犯人の一九歳の予備校生が、西園寺沙也加の大ファンだったことはご存じですよね」

「その名前は知っていました。本屋で漫画を見た時も、そこに描かれているものを見て虫酸《むしず》が走りました。しかしここに住んでいた西山沙綾というお嬢さんが、西園寺沙也加という漫画家だったことは知りませんでした」

森はゆっくり目を伏せがちにそう言った。

「彼女が、漫画家・西園寺沙也加だと知ったのはいつからですか」

「矢嶋さんが初めて訪ねてきた時です。自分の管理しているマンションにラジオパーソナリティが住んでいるとわかれば、夜、たいしてやることもなく起きているわけですから、当然、聴いてみたくなるじゃないですか。ラジオから西山沙綾さんの声が聴こえてきたと思ったら、なぜか西園寺沙也加と名乗っている。そこで初めてわかったんです」

「その西園寺沙也加に、復讐してやろうとは思わなかったのですか」

「復讐？　何で、ですか」

目を丸くして森は言った。

「お孫さんを二週間も監禁していた犯人は、西園寺沙也加の漫画を読んでその犯行を思いついた。彼女がそんな漫画を描かなければ、お孫さんが不幸な事件に巻き込まれることもなかった」

「いやいや、それはお門違いでしょう。その犯人は今でも殺したいぐらい憎んでいますが、それと漫画とは別問題だと思っています」

本当だろうか。瀬口は森の顔面の些細な筋肉の動きを注視する。

「森さんは、お孫さんの監禁事件の後に、このマンションの管理人に配置換えしてもらっていますよね」

「はい。それはそうですが」

「西園寺沙也加がこのマンションに住んでいることを知っていて、このマンションへの配置換えを希望したんじゃないんですか」

職業柄、どんな善人でも徹底的に疑える能力は付いている。瀬口は敢えていじわるな質問をして、森の様子を窺った。

「それは単純にこのマンションの方が通勤が楽だったからです……、ま、まさか、刑事さんは、私が犯人だと疑っているんですか」

ここはもう一押ししてみるところだろう。

「鑑識によれば、西山沙綾が殺されたのは一二月一日の午後七時から翌二日の午前三時です。もしも矢嶋さんが犯人ではなかったとしたら、犯行時刻は矢嶋さんが帰ったその日の午後一一時二五分から翌二日の午前三時です。その時間にあの部屋に近づけるのは、マンションの住人と森さんだけです。しかも被害者が怪しまずに、深夜に部屋に招き入れる人物は、そうはいません。しかし森さんは管理人なので、スペアキーで簡単に部屋の鍵を開けることもできる。森さんは否定していますが、被害者を殺害する動機が全くないというわけでもない」

「そんな。私は……」

森は激しく目を瞬かせる。右目の下の筋肉が激しくけいれんしている。突然突きつけられた殺人容疑に、明らかに動揺している。

これが演技ということはないだろうか。

「私は、私はやってません」

森の顔面が蒼白になり膝が微かに震えだした。縋るような涙目がまっすぐに瀬口を見つめている。

「信じてください。私はそんな大それたことができる人間ではありません」

瀬口は黙って森を見つめる。

「本当です。私は、ただその夜にここにいただけです。刑事さん、信じてください。

私は犯人なんかじゃありません」

森は両手を合わせて瀬口を拝んだ。

「森さん。自分が犯人ではないと、立証することはできますか」

瀬口のその一言に、森はポカンと口を開ける。言った瀬口も、そんなことは無理だと思った。状況証拠的には、矢嶋と同じぐらい、いや、矢嶋以上に犯人である可能性があるのは、この目の前の老人だった。

「そんなことは不可能です」

もしも森が犯人だったら、逮捕して強引に攻め立てれば、簡単に自供するだろう。

気弱な森のことだから、犯人でなくても自供してしまうかもしれない。

「別に私は……、森さんが犯人だと決め付けているわけではありません」

しかしいくら瀬口でも、事件解決のために冤罪を作っていいとは思ってはいない。

「本当ですか。瀬口さん」

「その可能性があると言っただけです」

瀬口のその一言で森の顔に生気が戻る。

矢嶋にしても完全に黒だという確信はない。しかしプロの刑事としては、たとえすべての真相がわからなくとも、その一番近いところまで徹底的に調べ上げなければならない。それが、今自分に課された使命なのだ。

「最後に、もう一回お聞きします。一二月三日に矢嶋さんと一緒に被害者の部屋に入った時に、矢嶋さんは玄関右側のベッドルームに入りましたね」

「はい。確かです」

「よく思い出してください。その時、矢嶋さんは何かをしていませんでしたか」

「いや、私は死体のあったリビングの方に目がいっていたんで、後ろは見えませんでした」

「やっぱり、……そうでしたよね」

やはり以前聞いた時と同じ答えが返ってきた。瀬口はすっかり冷めてしまったコーヒーを一口飲んだ。苦くて冷たい液体がタプタプの胃に流れ込むと、何ともいえない疲労感に襲われる。

「だけど、……音ならば聞こえたかもしれません」

森が唾を飲み込む音が聞こえた。

「音？　何の音ですか」

「金属的な、何かが、床に落ちたような音です」

一瞬、瀬口には森の発言の意図がわからなかった。

「何かがというのは、たとえば何ですか」

「たとえば、鍵が床に落ちたような」

「矢嶋さんは、本当に沙也加さんを殺した記憶がないんですよね」

後部座席で、矢嶋は手塚にそう話し掛けられた。事件解決のために、どうしても現場を見る必要があると言い張る手塚を乗せて、タクシーで『メゾン・ド・秋葉原』に向かう途中だった。

「はい、そうです」

中央線の高架をくぐり神田川に架かる万世橋を渡る。さらにタクシーは黄色い総武《そうぶ》線《せん》が走るJRの高架をくぐろうとしていた。このガード下には今でも古き良き秋葉原が残っている。『ラジオセンター』と呼ばれるこの一帯には、電子機器、電子商品を売る小さなお店が密集し、軒先でコードやコンセント、ペンチやナットなど、ありとあらゆるものが売られている。大規模開発が進み店の入れ替わりが激しい秋葉原でも、ここの風景だけは変わらない。

しかしそこを過ぎると、雑多で無秩序な秋葉原の中心街に突入する。

さらにタクシーが中央通りを進んでいくと、ゲームセンター、家電量販店、ラーメン屋、アダルトビデオショップ、中古パソコン店、パチンコ屋……、様々な店が大きな看板を競うように掲げている。さらに美少女アニメの主人公や、不自然なほどおっぱいが大きいゲームキャラの女の子も微笑んでいる。路上ではメイド服を着た少女が、健気に何かのチラシを配っていた。

「矢嶋さんが殺してなければ、他の誰かが沙也加さんを殺したと仮定しますが、それでいいですか」

手塚の声が大きいのでドキリとする。矢嶋はミラー越しにちらりと運転手を見たが、こちらを気にしている様子はなかった。

「いや、それが記憶がないというだけで、酔った自分が殺した可能性はあると思ってはいるんですよ。だから警察でも、あの調書にサインをしそうになったんです」

矢嶋の悩みはそこにあった。

事情聴取で今までの酒乱癖を指摘され、さらに状況証拠を積み重ねられれば、自分が沙也加を殺したかもと思ってしまう。もはや今、矢嶋は酔っぱらった時の自分の行動に全く自信が持てなかった。

「矢嶋さん。一九八〇年代後半から九〇年代にかけて、アメリカで幼児期の性的虐待の記憶を思い出す女性が続出し、それが大きな社会問題になったことを知ってますか」

「そんなことがあったんですか」

「その当時、アメリカでは子供の失踪事件が問題となっていて、その代表的な事件は実の父親の性的虐待が原因だったことがわかったんです」

手塚が唐突にそんなことを語りはじめた。虐待と言われて矢嶋が思い出すのは、事情聴取で瀬口が言った「抑圧」の話だった。

「子供の時に虐待を受けていたことを、大人になるまで忘れていたってことですよね。それを心理学的に抑圧というんですよね」

「確かに本当に抑圧されていた虐待の記憶を思い出したケースもありました。しかし実際には、記憶回復セラピーという行きすぎたカウンセリングが原因で、実際はやられてもいない虐待事件を次々と自供してしまったんですよ。そのために当時のアメリカでは多くの冤罪事件と家庭の崩壊が起こりました」

「そうだったんですか」

大型同人誌販売書店と八階に国民的アイドルグループの劇場があるビルを横目に見て、タクシーは外神田五丁目の交差点を右折する。ここを右折してしまえば、景色はがらりと変わりかなり落ち着いた普通の都心の街並みに変わる。

「矢嶋さんは警察で事情聴取を受けているうちに、アルコールでの失敗の数々を思い出して、ひょっとしたら酔った自分が沙也加さんを殺してしまったと思うようになったんですよね」

「ええ、その通りです」

「矢嶋さんは、酔って暴力を振るったことはありますか」

「いいえ。以前も言ったかもしれませんが、騒ぎはしますが暴力沙汰を起こしたことはありません」

「当時、矢嶋さんは、沙也加さんと喧嘩をしたりしていましたか」

「いいえ。結婚するとかしないとかいう問題はありましたが、交際自体はいたって順調でした」

「念のためにお聞きしますが、酔って矢嶋さんは女性に手を上げたり、DV的なことを指摘されたことはありますか」

「まさか。酔っても酔わなくても、僕は女性に手を上げたことなんかありません」

「だったら大丈夫です。矢嶋さん、人間いくら泥酔していても、素面の時の感情や倫理観と大きく逸脱した行動は取りません。酔って人を殺してしまう人がいたら、その人は酔うと暴力的な行動を取ってしまう酒乱タイプか、そもそも殺意を持っていて酒の力で本当に行動に移してしまったかのいずれかです」

手塚はきっぱりとそう言い切った。

新幹線も通るＪＲの高架をくぐり抜け、さらに何度か右折と左折を繰り返すと、タクシーはハザードを点滅させて『メゾン・ド・秋葉原』の前に停止した。

　タクシーの支払いをすませた矢嶋の背中に、再び手塚が語りかける。

「普通の人間は泥酔したからといって、その場その場はそれなりに理にかなった行動をしているんです。いくら酔っぱらっていても不思議と家に辿り着くように、記憶をなくすほど飲んだとしても、自分の倫理観から大きくかけ離れた行動を取ったりはしません。少なくとも酒を飲んだだけで、理由もなく人を殺したりすることはありません」

「本当ですか」

「酔っ払いが意味もなく人を殺していたならば、とっくの昔にアルコールは危険薬物として、販売中止になっているはずです」

　持ち主が死んだ後、この『メゾン・ド・秋葉原』一〇〇五号室の所有権も、妹の瑠加に渡っていた。手塚がエントランスで瑠加から借りた鍵を差し込むと、自動ドアがすっと開いた。顧問弁護士として、「事件解決のためにどうしても現場を見る必要がある」と手塚は瑠加を説得し、なんとか部屋に入る許可を得たそうだ。手塚が㊤ボタンを押すと、すぐにエレベーターが降りて来た。二人で中に乗り込むと一〇階のボタンを矢嶋が押す。

「それに矢嶋さん。あなたが前後不覚になるほど酩酊していたとしたら、女性といえども死に物狂いで抵抗する大の大人を絞殺できると思いますか」

その指摘は極めて合理的だった。

沙也加は女性としては大柄な方だし、体力的にも平均以上はあるはずだ。記憶をなくすほど酩酊していた自分が、たとえネクタイで沙也加の首を絞めることに成功しても、数分間はそのまま全力で力を入れ続けなければならない。その間に沙也加は死に物狂いで抵抗するだろうし、酩酊した自分がそこまでして沙也加を殺そうとする理由もない。

「ナイフで刺すとかならば一瞬ですが、人の首を絞めて殺すということはかなり大変な作業なんです。足元がおぼつかないような泥酔した人間に、そんなことができるでしょうか」

「確かにそうですね」

その時、エレベーターは一〇階で停止し、二人の前のドアが開いた。

「以前から申し上げている通り、この事件は密室を作った人が本当の犯人です。だから矢嶋さんは犯人なんかじゃありません。逆に言えば警察も、それがわからないから矢嶋さんを逮捕したくてもできないんでしょうね」

「警察は、本当に僕の逮捕を考えているんですかね」

「ええ。事件が密室で起きていなかったら、矢嶋さんはとっくに逮捕されていたと思いますよ」

矢嶋の背筋が寒くなった。冗談なのか本心なのか、この男の発言には本当に一喜一憂させられる。

「手塚さん、お願いしますよ。そうならないためにも、なんとか真犯人を見つけてください」

「そうですね。そのために、こうやって現場にまで来てるんですから」

二人はエレベーターを降りるとまっすぐ進み、一〇〇五号室の前まで来た。そして瑠加に借りた鍵を一〇〇五号室の鍵穴に差し込む。二ヶ所の鍵を続けて開けて、手塚はゆっくりそのドアを開く。警察は執拗にこの現場を調べたが、結局、密室の謎は解けないままに、現場の立ち入り禁止を解除した。

「僕は今回のこの事件、どうやってこの密室ができたかが、事件解決の最大のポイントだと考えます」

二人は揃って靴を脱ぎ玄関に上がる。死体を発見した時の記憶が蘇るので、矢嶋としてはこの部屋に入るのは嫌だったが、「同行しないならば逆に矢嶋さんを犯人と考えます」と言われてしまったら断るわけにはいかなかった。

「過去、ミステリー小説の中では色々な密室が作られてきましたが、今回のこのケースに限っては、たった一つのことだけを検証すれば問題は解決します」

手塚は右手の人差し指を立ててそう言い切った。

「何なんですかそれは」

「それは、この密室が故意に作られたものなのか、それとも偶然できてしまったものなのかです」

「偶然にできてしまう密室なんか、あるんですか」

「あります。現実の世界で密室殺人が行われたように見えるのは、そのほとんどが偶然です。閉まるはずのないドアや鍵が何かの偶然で閉まってしまった。数時間前に飲んだ薬の副作用がいきなり起こった。どこからか毒ガスや一酸化炭素が流れてきた。さらには自殺のつもりが、何かの偶然で他殺のように見えてしまった。そんなことでも起きない限り、残念ながらまず密室殺人など起こりません」

「なるほど」

「むしろ、意図的に密室が作られた方が真犯人の特定は簡単です。所詮《しょせん》は人間のやることです。犯人は必ずどこかでミスを犯します」

事件後、当然ながらこの部屋には誰も住んでいなかった。いずれは貸部屋になるのだろうが、あれだけ有名な殺人現場となってしまっては、暫く借り手はつかないだろう。警察の捜査が終わった後は誰もこの部屋に入っていないようで、早くも床にはうっすら埃が積もっていた。

「この、右側のベッドルームに鍵が落ちていたわけですね」

入ってすぐ右の部屋の前で手塚は言った。

「ええ」

「その鍵は、この鍵ですか」

手塚はさっき開錠に使った、七センチほどの銀色の鍵を矢嶋に見せる。

「本物は警察に証拠品として押収されていますが、形は全く同じものです」

「鍵はどのへんに落ちていましたか」

「その窓際の床の上だったらしいですね」

矢嶋がピンクのカーテンがかかっている窓の下を指差した。そこには白いチョークで小さく丸が描かれていた。

手塚はその窓を前後左右に注意深く見た後に、カーテンを横に引っ張った。カーテンは二重になっていて、厚手のピンクのカーテンの向こう側に白いレースのカーテンがかかっている。手塚がさらにそのレースのカーテンも引っ張ると、その向こう側に曇りガラスが現れた。

窓は下から上に開けるタイプで、窓の上半分は固定されていて動かない。手塚は窓の鍵を外し、窓の下にある取っ手を摑んで思いっきり引き上げると、網戸越しに秋葉原の雑居ビル群が見えた。

「死体を発見した時には、この窓は閉まっていたわけですよね」

「ええ。鍵も掛かっていたそうです」

「この網戸は開かないようですね。ならばたとえ鍵が開いていたとしても、ここから何かを入れるのは無理ですね」

手塚が網戸を叩いてそう言うと、矢嶋も同時に頷いた。

手塚は曇りガラスの窓を閉め、もう一度、窓枠の周辺を注意深く見る。窓枠を摑んでガタガタと揺らしてみるが、とても外れそうな気配はない。窓の上にはカーテンレールが二重につけられている。手塚は部屋にあった椅子を窓際に移動させ、その上に立ってカーテンレールを上下左右から注意深くチェックする。さらに椅子から下りると、今度は白いチョークで小さく丸が描かれた床の周りを這いつくばって調べはじめた。

「手塚さん。何か、気になることでもありますか」

しかし手塚は矢嶋のその質問をスルーする。ひょっとすると、その質問が耳に入らないほど集中しているのかもしれないと矢嶋は思った。しょうがないので矢嶋はベッドルームの入り口に立ち、手持ち無沙汰で手塚の様子を眺めていた。

カーテンレールのチェックが終わった手塚は、今度は同じ部屋にあったキングサイズのベッドの上に乗った。そして何回かその上で飛び跳ねた後に、寝転んでそのクッションの感触を確かめている。

「矢嶋さん、このベッドは高いんでしょうね」

「ええ、一〇〇万円は下らないと生前沙也加が言っていました。手塚さん、そのベッドに何か気になることでもありますか」

執拗にベッドを確かめていたので、矢嶋は気になってそう訊ねた。

「いえ。あまりにクッションの感じがよかったんで、遊んでいただけです」

真面目なのかふざけているのか。この捉えどころのない童顔の男はベッドから降りると、廊下に出ようとドアノブを握る。

「矢嶋さん。このベッドルームのドアは開いていたんですよね」

矢嶋は死体を発見した夜のことを思い出す。

「はい。開いていました。だから僕はこの部屋を覗き見たんです」

「なるほど。それでは、この反対側の部屋のドアは？」

そう言いながら、手塚は廊下の向こう側のAVオーディオ製品満載の部屋のドアノブを握る。

「そのドアは、閉まっていました」

「そうですか」

手塚はドアノブを押し下げてベッドルームの向かい側の部屋に入った。

そこに西園寺沙也加自慢のミニシアターが現れる。壁際の大型テレビは六〇インチ、音はサラウンドの五つのスピーカー。これでハリウッドの大作を見るのもなかなか素晴らしかったが、このミニシアターの凄さを実感できるのは、実はカーチェイスなどのテレビゲームだった。美しくてリアルなゲーム映像をこの大スクリーンで見ると、まるで本当に車を運転しているような臨場感を楽しめた。

その他にも小型のコンポや最新型のDVDプレーヤー、ゲーム機も複数台ある。これだけ一つの部屋に家電が集まると線を繋ぐのも大変で、テレビの裏側は蛸足《たこあし》につぐ蛸足でぐちゃぐちゃだった。

「これだけ色々家電があると、リモコンだけでも相当な数ですね」

　テレビ台の上には、リモコンがズラリと並べられている。

「ええ、いざという時にリモコンの行方がわからなくなって、お気に入りのドラマの冒頭を見逃したと、彼女がよく嘆いていていましたね」

　これだけの家電を揃えながら、肝心の沙也加は大の機械音痴だった。リモコンの行方もさることながら、入力と出力の配線がわからなくなると、矢嶋が呼ばれて対応をさせられた。

　手塚はリモコンを押してテレビの電源を点ける。

　午後のトークショーの中年キャスターの顔が大画面に映し出される。さらに手塚はDVD、CD、照明、エアコンと、部屋にあった様々なリモコンを試してみる。中には何にも反応しないリモコンもあった。電池が切れてしまったのか、それとも他の部屋の家電のリモコンが混ざっていたのだろうか。または家電本体は買い換えて、リモコンだけ捨てるのを忘れてしまったのか。

　手塚は窓に掛かったカーテンを引く。

「この窓の鍵は開いていたんですよね」

「警察ではそう聞かされました」

手塚が鍵を外して窓を開ける。近所の幹線道路の車の音が飛び込んでくる。さらに窓には鉄格子が嵌《はま》っている。手塚はその間から片手を差し出して、手のひらを閉じたり開いたりしてみせる。外はエレベーターに続くマンションの共用部分の通路だった。

「手だけならば余裕で通りますね。体を通すとなると、……子供でもちょっと難しいですかね」

矢嶋は無言で頷いた。

手塚は首を傾げて暫く窓を見つめていたが、やがて窓を閉めるとそのミニシアターのある部屋を出た。

廊下の右側にはクローゼットが、左側にはトイレとバスルームが配置されている。

「このクローゼットやトイレ、そしてバスルームのドアは閉まっていましたか」

「トイレは閉まっていました。クローゼットも閉まっていたと思います。洗面所は脱衣所のドアは開いていましたが、その先のバスルームのドアは閉まっていました」

「脱衣所までは開いていたわけですね」

「はい」

「なるほど、なるほど」

手塚はしきりと頷きながらそう言った。

脱衣所にはヘアドライヤー、体脂肪率まで量れる最新の体重計、電動歯ブラシ、そしてお掃除ロボットが充電器にちょこんと収まっていた。

バスルームには耐水性のテレビが設置されていた。浴槽には様々なボタンが付いていて、ジェットバスになるようになっていた。トイレは最新式の温水洗浄便座、クローゼットの中には耐火性の金庫が設置されている。金庫の中にあった二〇〇〇万円の現金は、さすがに事件後銀行に預けたそうだ。

そしていよいよ、沙也加の死体があったリビングの前までやってきた。

「この廊下からリビングに通じるこのドアは、閉まっていましたか」

手塚はまさに、そのドアのドアノブを手にしながらそう訊いた。

「はい、閉まっていました。そのドアノブを、管理人の森さんが押し下げるのを見ましたから」

リビングの床の人の形をしたチョークの跡が、事件の生々しさを語っていた。広すぎるその部屋には真冬の太陽が燦燦《さんさん》と降り注いでいたが、主を失くした部屋は、どことなくもの寂しく寒々しかった。肌寒さを感じた矢嶋は暖房を入れようとリモコンを探す。

リビングには立派なデスクがあり、その上に漫画を描くための液晶ペンタブレットとパソコン、そしてそれとは対照的な古くて黒いラジカセがぽつんと置かれている。

「この鏡はなんでこんなところにあるんでしょうね」

手塚は壁際に立てかけられた、大きな姿見を見つけてそう言った。

「着替えをする時にでも、必要だったんじゃないですかね」

「そうですか。そう言えば、彼女は下着姿で発見されたんですよね」

「はい。正確に言えば、身に着けていたのは下の下着一枚だけですね」

手塚は広すぎるそのリビングを一望する。

「でも、本当にここで着替えていたら、向かいのマンションから丸見えですよね」

確かにそうだった。沙也加の死体を発見した時、このリビングの窓のカーテンが開いていたことを思い出す。向かいのマンションはかなり近いので、ここで妙齢の女性が着替えていたら、丸見えになってしまう。もっとも夜ならば、そんな心配はないのかもしれないが。

「彼女はちょっとおおらかな所もあったので、変に挑発してしまって近隣の変質者を呼び込んでしまったんですかね」

「う〜ん、そういうことも考えられますが、本当に変質者の犯行ならば、下着を全部剝いだら、最後まで目的を達成しようとするでしょうね」

沙也加はショーツ一枚で殺されていたが、強姦された形跡はなかった。

「それもそうですね」

手塚は窓を開けてベランダに出る。

矢嶋は暫くリモコンを探していたが、やがて諦めて手塚に続いた。風が吹きつけるせいもあり、外はかなり寒く矢嶋は襟元を立てて首をすくめる。一方、手塚は寒さなど全く気にせず、窓の上下左右に隙間がないか、鍵の周囲に異常がないか注意深くチェックしている。しかし近代的なマンションなので、矢嶋にはとても細工などできそうな隙間があるようには見えなかった。

ベランダには、下の階へ抜けられる非常装置が設置されている。火事などの非常事態で階段が使えない時は、この装置を使うようだ。それを使えば下の階に行くことは可能だが、その装置が最近使われた形跡はなかった。ちなみにこの部屋は最上階なので、上から誰かが降りてくる装置は付けられていない。

向かいのマンションの同じ階の通路に人影が見えた。久しぶりにこの話題の部屋に人がいるせいか、物珍しそうにこちらを見ている。

手塚はベランダを調べ終えると室内に戻り、今度はリビングの内側から窓の様子を確認する。そして急に何かを思い付いたのか、ソファの下を覗き込んだり、デスクの引き出しを調べたり、さらにはキッチンの戸棚の中を調べ出した。矢嶋には、手塚が一体何を探しているのかはさっぱり見当がつかない。やがて手塚は何も言わずにリビングを出ると、一人で玄関の方へ行ってしまった。

矢嶋はぼんやりと向かいのマンションを眺めていた。

さっきまでこの部屋を窺っていた向かいのマンションの人影は、いつの間にか消えていた。やがて日差しが陰りますます寒くなってきたので、矢嶋はやはりエアコンを点けようともう一度リモコンを探して室内をうろついた。

その時、ピッという音とともに、唸るような機械音が聞こえてきた。

振り返るといつの間にかリビングに手塚が戻り、手にしていたリモコンで部屋のエアコンのスイッチを入れてくれていた。矢嶋と目が合うと手塚はにっこり微笑んで、またすぐに廊下の奥へ消えていった。

手塚は最後に、この密室事件の最大の謎である玄関の現場検証を行った。

玄関の鍵を内側から捻り何度も開け閉めを繰り返した後、ドアの下に隙間がないか、さらには椅子を持ち出してドアの上の隙間もチェックした。

「矢嶋さん。密室の謎はほぼわかりました」

ドアの上の埃を指で払うと、手塚はこともなげにそう言った。

「え、本当ですか。それで犯人は誰なんですか」

「犯人？」

「ええ、犯人です。この密室を作った犯人は誰なんですか」

「それはわかりません」

「ええ？　密室の謎はわかっても、犯人はわからないんですか」

「まあ、わからないこともないのですが……」

「じゃあ、その手塚さんが思う犯人の名前と密室の推理を、警察に教えてあげましょうよ」

「うーん、でもそれって、あくまで僕の推理なので、それを警察が信用してくれるかどうか」

手塚はポソリとそう言った。

「警察が信用してくれそうもない推理なんですか」

「いやいや推理自体は理に適っていますし、少なくとも密室の謎には自信があります。しかし犯人を特定するには確固たる証拠が必要ですから」

「何か証拠はないんですか」

「証拠ですか。うーん、全然ありませんね」

「そんなー。僕はいつ逮捕されてもおかしくないんですよ。手塚さん、何とかしてください」

「そうだ。いっそ、矢嶋さんを逮捕してもらって、法廷でこの密室の謎を僕が暴くっていうのはどうですか。それならば犯人を追いつめることもできますし、なにしろドラマみたいでカッコよくないですか」

「冗談はやめてください。もし裁判に負けてしまったらどうするんですか」

「大丈夫ですよ。その時は、弁護費用は請求しませんから」


どんどん縮小される署内の喫煙スペースで、瀬口は昼飯後の一本を吸っていた。関係者の事情聴取も終わり、事件の概略はほぼ摑めたが、密室の謎のことを思うと、せっかくの一服も味気なく感じてしまう。

「マンションの住人に再度聞き込みをしましたが、ドローンの操縦経験のある人物はいませんでした」

瀬口の背中に加藤が声を掛ける。

「ご苦労だったな」

「併せて関節に関する特技の持ち主や蛇の飼育経験も聞きましたが、目ぼしい情報は得られませんでした」

関節や蛇はないとしても、ドローンを使えばあの密室を作ることができるかもしれないとは思った。しかし相当な操縦技術が必要なはずで、素人がちょっと練習したぐらいでは不可能だろうと思っていた。

加藤は瀬口の前の丸椅子に腰かけると、ポケットから煙草を取り出して火を付ける。

「そうなると、管理人の森の証言がいよいよポイントとなりますね。死体発見の時に、鍵が投げ込まれたような音がしたっていう」

「ああ。矢嶋の酔って記憶がないというのは大嘘で、はじめから綿密に考えられた計画的な犯行だった。そうなれば密室の謎もへったくれもない」

「そろそろ矢嶋の逮捕状を請求する時じゃないですか」

瀬口も真剣にそれを考えていた。

矢嶋を逮捕してパソコンやスマホを押収できれば、そこから何かが発見できるかもしれない。もし本当に犯人ならば、不都合な履歴は削除してしまっているだろうが、その道のプロではない矢嶋ならば、完全にその痕跡をなくすことはできないはずだ。

さらに遺言ＣＤに録音された謎のノイズというのも気になっていた。

「逮捕さえしてしまえば、何とか自白は取れるんじゃないですか」

今まで何度も矢嶋を聴取してきたが、逮捕しての取り調べとなれば意味もやり方も全然違う。もしも本当に犯人であれば、瀬口は矢嶋を間違いなく落とす自信があった。短くなった煙草を親指と人差し指に持ち替えて、瀬口が肺の中に大きく煙を吸い込むと、オレンジ色の火がチリチリと音を立てて燃え上がる。

「よし、わかった。本部長に矢嶋の逮捕状請求を上申しよう」

瀬口は煙草をアルマイトの灰皿に押し付け立ち上がった。

その時、胸ポケットの携帯電話が鳴り出した。取り出してディスプレイを見たが、電話番号は表示されておらず非通知設定のようだった。この番号に非通知で電話が掛かってくるのは珍しいと思いながら、瀬口はゆっくり通話ボタンを押す。

「もしもし、瀬口ですが」

『西園寺沙也加です』

女性の声がした。

「へっ、誰ですか」

『漫画家の西園寺沙也加です』

なんの悪戯電話かと思ったが、その声には聞き覚えがある。確かに西園寺沙也加、西山沙綾の声によく似ていた。

「まさか。本当に、あの西園寺沙也加さん、西山沙綾さんですか」

『はい、そうです』

そんなはずはない。遺体は瀬口自らが確認したし、妹の瑠加も姉本人に間違いないと証言した。

「嘘だ。だって西山沙綾は死んだはずだ。俺もこの目で確認した」

『信じるかどうかは、あなたにお任せします』

しかし声はそっくりだ。話し方もこんな感じだったような気がする。

『お知らせしたいことがあります。犯人がわかりました。明日の一時に、事件現場に来てください』

「犯人がわかった？　ほ、本当ですか……」

瀬口の言葉を遮るように、電話は一方的に切れてしまった。

どういうことだろうか。

死人が生き返るはずがない。当然、悪戯電話だと瀬口は思った。

しかし、電話の主は時間と場所を指定した。そこで何か、重要な情報のリークがあるのだろうか。

あの死体は西園寺沙也加に似ていただけで、実は本人ではなかった？

そんな考えが脳裏を過る。しかし、まさかそんなことはあり得ない。

ひょっとして、西山沙綾が双子だったということはないか。もちろん、そんな情報は今までどこからも聞いていない。少なくとも実の妹の西山瑠加からは聞いていない。瀬口はそう思ったが、少しだけ不安になった。妹の瑠加から聞いていないのではなく、こちらが訊かなかっただけではないのか。口が利けない彼女から訊きだしたことは、すべて直接事件に関することばかりだ。ひょっとすると西山沙綾の出生に何か秘密があるのだろうか。

まさか。

西山沙綾が本当に生きているということはないだろうか。

人気ミステリー漫画家のセンセーショナルな死は、ネット上で様々な憶測を呼び新しい都市伝説を作っていた。西園寺沙也加は生きている。名探偵・西園寺沙也加が、こんなにあっけなく死ぬはずがない。名探偵は自分の身をもって密室殺人事件を作り、やがてキリストのように復活する。しかしそれはあくまで、ファンが妄想する空想の世界でのお話だ。

それとも、危ないファンの悪戯だろうか。

その可能性はあり得るだろう。

しかしわざわざ刑事である自分の携帯番号を調べて、悪戯電話をかけてくるやつがいるだろうか。曲がりなりにも捜査一課の刑事の電話だ。非通知設定だろうが、調べようと思えばその発信先を特定することはできる。

電話の主が西園寺沙也加と名乗るのならば、西山瑠加が電話をしてきたのだろうか。今や西園寺沙也加と名乗れるのは妹の瑠加だけだからだ。密室殺人事件の新たな情報を摑み、直接、瀬口に電話を掛けてきたのではないか。

しかしそれは絶対にあり得ないと、瀬口はすぐに考える。瑠加は口が利けない。だから電話を掛けられるはずがない。

いや、待てよ。

瑠加は、本当に口が利けないのだろうか。

口が利けないふりをしているだけではないのか――。瀬口の頭は激しく混乱した。

とにかく、明日の一時だ。

迷宮入りしそうな事件だったが、思いもかけない事態が発生した。『犯人がわかりました』と西園寺沙也加は確かに言った。

明日の一時になれば、何かしらの新しい展開が起こるはずだ。

ただの悪戯だったり、たいしたネタでなかったら、すぐに逮捕状の請求だ。

「誰からの電話だったんですか」

加藤が不思議そうな顔で瀬口に尋ねる。

「実はな、西園寺……」西園寺沙也加からの電話だった、と言うのを瀬口は辛うじて抑えこんだ。「おい、加藤。明日の一時、時間空けとけよ」

加藤はその理由を尋ねようとしたが、瀬口の表情にただならぬ気配を感じて、それを口にすることはできなかった。

第八章

クリスマスも終わり、街はいよいよ一年の終わりを迎え慌ただしさを増している。瀬口と加藤は現場の『メゾン・ド・秋葉原』に、指定された時間より二〇分も早くやってきた。一階のエントランスで来訪の意を告げると、何も言わずに自動ドアが開いた。既に部屋には誰かがいるらしい。

一〇〇五号室のドアの鍵も掛かってはいなかった。

エントランスで来訪の意は告げているので、そのまま入ってもよいという意味だと瀬口は判断した。この部屋の中には、いったい誰が待っているのか。まさか、本当に西園寺沙也加、西山沙綾が生き返ったということはないだろうか。逸《はや》る好奇心を抑えながら、玄関のドアノブを押し下げてドアを開ける。

玄関で靴を脱ぎ暗い廊下を歩いていくと、その突き当たりに広いリビングへ続くドアがある。このドアの向こう側にいるのは誰だ。瀬口は深呼吸してそのドアを押し開くと、年の瀬にしては暖かい日差しがリビングに降り注いでいた。そしてそこには、腰まで伸びた艶やかな黒髪をした一人の女性の後ろ姿があった。

その女性がこちらの気配に気が付いて振り返る。胸元がざっくりと開いた赤いセーターとスリムな紺のジーンズを穿いている。

「西園寺沙也加……いや、西山瑠加さんですね」

女性は振り返ると、ゆっくり小さく頷いた。

そこにいたのは漫画家の西園寺沙也加ではあったが、姉の西山沙綾ではなく、妹の瑠加だった。

「あの電話の主は瑠加さんだったんですか。確かに西園寺沙也加さんであることには違いはありませんが、ちょっと乱暴じゃないですか。そもそもあなたは口が利けるんですか」

瀬口は詰問口調にそう言った。

しかし西山瑠加は悲しげに首を傾げながら、一枚の封筒を差し出した。そこには西山瑠加様と書かれた宛名と、瑠加の自宅の住所がプリントされていた。しかし、差出人の名前は書かれていない。

「中を拝見してもいいですか」

瑠加はこっくりと頷いた。

瀬口は封筒の中から一枚の便箋を取り出した。

西山瑠加様

私を殺した犯人がわかりました。一二月二九日午後一時に、事件のあった『メゾン・ド・秋葉原』一〇〇五号室に来てください。密室の謎を含む、今回の事件のすべてを説明したいと思います。

西園寺沙也加

瀬口と瑠加が無言で目を合わせる。

言葉を発しなくても、二人が思っていることは同じだった。なぜ、死んでしまった西園寺沙也加から電話や手紙が来るというのか。手紙を覗き込んだ加藤も、あまりの奇怪さに声も出ない。

その時、一〇〇五号室の玄関が開く音がした。

そしてゆっくり廊下を歩いてくる足音が、瀬口たちのいるリビングに迫ってくる。瀬口の背筋に悪寒が走る。まさか、今度こそここに西山沙綾が現れるのだろうか。廊下に通じるドアのノブが下がった。

現れたのは、紺の制服を着た管理人の森だった。

「昨日、西園寺沙也加さんから電話があって、ここに来いと言われたんですけど。もう何が何だか私には理解できませんよ」

「……それは、どんな電話でしたか」

森のぼやきに、加藤がやっとの思いでそう訊ねた。

「犯人がわかったって。すべてを説明するから部屋に来てほしいとか、そんなことを言っていました。あの電話はいったい誰が掛けたんですか」

西山瑠加が自分に届いた例の手紙を森に見せていると、瀬口の背後から声がした。

「瀬口さん、これはどういうことですか。西園寺沙也加は死んだんじゃないんですか」

石丸がそう言いながらリビングのドアを開けて入って来た。

「石丸さんにも電話があったんですね」

「ええ。昨日、西園寺沙也加から電話が掛かってきた時は、もう心臓が止まるかと思いましたよ」

「それは何時ぐらいですか。ちょっと詳しいことを教えてもらえますか」

やっと刑事の頭脳が動き出した瀬口は、手帳を取り出しながらそう言った。

「昨日の午後二時ぐらいでしたかね。私の携帯に非通知で掛かってきて、事件の真犯人がわかったから、明日の一時にここに来いって言うんですよ。半信半疑でやってきましたが、彼女のラジオ番組を担当していた自分だからわかりますが、あれは本当に西園寺沙也加の声でしたね」

「まさか」

瀬口は思わず呟いた。

「私は質の悪い悪戯だと思いますよ。そんなことがあるはずがない」

新しい声が背後から聞こえた。トレンチコートを脱ぎながら、不機嫌そうな表情で担当編集の井沢が入ってきた。

「西山沙綾は死んだんです。これは西園寺先生の名前を騙《かた》って、よからぬことをやろうとしている誰かの悪質な悪戯ですよ」

「瑠加さん、森さん、井沢さん、そして私。刑事のお二人は別としても、まだ、他に呼ばれている人がいるんでしょうか」

石丸が一同を見渡してそう言った。

「そういえば、ここに矢嶋さんがいないのは解せませんね。一番怪しいのだから、ここに呼ばないことはないはずですが……」

井沢が不思議そうにそう言った。

「そろそろ約束の一時になりますね」

石丸のその一言に、各自がそれぞれに時計を見た。瀬口が見た壁の時計は、あと三〇秒で午後一時になるところだった。

「探偵小説の定番ならば、ここに名探偵が登場するはずです。そして、事件の謎を解明して最後の最後に、犯人はお前だってことになるのですが、果たして死んでしまった西園寺先生がこの場に登場するんですかね。もしそうならば、私としては是が非でもお会いしたいものですが」

今日も紺のスーツにきっちりとネクタイを締めている井沢が、腕を組みながらそう言った。

壁の時計の秒針が、まさに一時を指そうとしていた。

一体誰がここに瀬口たちを招いたのだろうか。それぞれの視線が玄関に続くリビングの扉に集中する。そして今にも、西園寺沙也加がこの場に現れるのではと息を呑んでその扉を見つめていた。

その時、部屋の固定電話のベルが鳴った。

一回、二回、その呼び出し音がリビングに響き渡る。

三回、四回……。この電話は、死んでしまった西園寺沙也加からの電話なのか。恐怖心のせいかそれとも遠慮しているのか、誰もその電話を取ろうとはしない。この部屋は今では西山瑠加のものだから本来は彼女が出るべきだが、彼女は電話で喋ることはできない。七回、八回、九回……、一〇回目の呼び出し音が鳴る前に、やっと加藤が受話器を取った。

「スピーカーに切り替えろと言っていますので、切り替えますよ」

加藤が一堂を振り返りそう言った後に、電話機本体のボタンを押す。スピーカーから微かなノイズが聞こえてくる。

『西園寺沙也加です。今日はお忙しい中、申し訳ありません』

部屋の空気が凍り付いた。スピーカーから流れてきたその声は、まさに西園寺沙也加、殺されてしまった西山沙綾の声だった。

『私が死んで、もう一か月近く経ちますが、真犯人がわからないようなので推理してみました』

そんなことがあるだろうか。

西園寺沙也加。あの名探偵が復活し、しかも自分を殺した真犯人を突き止める。一体、何が起こっているのだ。

瀬口の頭の中は混乱に次ぐ混乱だった。今、喋っている女は誰なのか。まさか、本当に西園寺沙也加、死んでしまった西山沙綾が喋っているのか。まさか。そんなはずはない。声がよく似た声優でも雇ったのだろうか。

『犯人はこの中にいます』

さらに西園寺沙也加がそう言うと、リビングにいる六人が、複雑な表情でお互いの顔を見つめ合う。

瀬口、加藤は別としても、西山瑠加、森、石丸、井沢、本当にこの四人の中に真犯人がいるというのか。もしそうならば、矢嶋は犯人ではなかったということか。

『この事件のポイントの一つは密室です。それを解く鍵はロボットとヒモです。詳しいことは助手が申し上げます』

ロボットとヒモ？

電話の彼女はこの密室の謎を解明すると言っている。この電話の彼女が本当に殺された西園寺沙也加だとすれば、その謎も確かにわかるかもしれない。なにしろ自分を殺した犯人のやったことだ。しかしそれでは、あの死体の女は一体誰だったのだ。そして、今、電話口で喋っている西園寺沙也加の声にそっくりの人物は誰なのか。まさか、イタコを呼んで西園寺沙也加を交霊させたわけではないだろう。

『助手の手塚雄太郎です。それでは名探偵に代わって説明をさせていただきます』

西園寺沙也加に助手なんかいただろうか。

しかし手塚雄太郎という名前には聞き覚えがある。どこかで聞いた名前だと思った瀬口は、すぐに西園寺沙也加の顧問弁護士の童顔の男を思い出す。

『犯人は殺人を犯した後に、この部屋を密室にしました。その必要性に関してはまた後ほどご説明しますが、この部屋を密室にすること自体はそれほど難しいことではありません』

西山瑠加、森、石丸、井沢、そして瀬口と加藤。リビングルームにいた六人は一言も発することができず、手塚と名乗る男の説明に聞き入っている。

『犯人は長い紐を用意しました。そしてその紐の先端に爪楊枝のような簡単に壊れてしまう材料で鍵を括り、それをベッドルームの窓の上のカーテンレールに通します。そして鍵と紐の反対側を持ってオーディオルームにやってきて、さらに仕掛け付きの鍵と紐の端の両方を、鉄格子の隙間から外に出しておきます。そして犯人は外に出て玄関を閉めます。そして鉄格子から出しておいた鍵を使って、外からこの部屋の玄関を施錠します』

手塚雄太郎という名前の人物の声が、一方的に電話のスピーカーから鳴り響いていた。しかしそこに居合わせた六人は、まさに息を呑んだように一言も発せられない。

『脱衣所にあったあのお掃除ロボットを、犯人はオーディオルームの窓のすぐ下に置いておきました。犯人は施錠した仕掛け付きの鍵を鉄格子の間から部屋に戻す時に、そのお掃除ロボットの上に乗せます。あまり知られてない話ですが、お掃除ロボットにはリモコンによるリモート操作機能があります。それを使えば、犯人はお掃除ロボットを起動できるだけでなく、すぐにロボットをベッドルームの中にコントロールできたはずです』

確かにお掃除ロボットはこの一〇〇五室の中にあった。丸いロボットが、脱衣所の充電器の上に座っていたのを瀬口は思い出した。

『ベッドルームにお掃除ロボットが入ったところで、犯人は手元の紐を手繰り寄せます。紐に括り付けられた鍵はカーテンレールにぶら下がり、さらに紐を引っ張ると爪楊枝の仕掛けの部分がカーテンレールに引っ掛かります。そしてそこでさらに紐を強く引けば、爪楊枝の細工はカーテンレールにぶつかって壊れ、鍵とともに床に落下します。私は先日ベッドルームのカーテンレールの一部に、微かに疵《きず》があるのを確認しました。その疵は、おそらくその時できたものだと考えます』

そんな疵があっただろうか。現場検証ではそんな報告は上がっていないが、もっとも鑑識もそんなところまでは調べないだろう。

『あとはお掃除ロボットがきれいに掃除をしてくれます。爪楊枝の残骸はお掃除ロボットのゴミを調べれば出てくるでしょう。しかしさすがに鍵まではお掃除ロボットは吸引できません。そしてお掃除ロボットはその後も色々なところを掃除した後に、電源が少なくなったところで自分で脱衣所にあった充電器に戻ります。結果的にベッドルームには鍵だけがきれいに残りますから、誰かがベッドルームに鍵を置いたものと考えてしまってもおかしくはありません』

ベッドルームのドア、そして脱衣所のドアも開いていた。電源がなくなってきたお掃除ロボットが、自発的に充電器に戻ることは十分に可能だった。

『さらに犯人は念には念を入れて、廊下に通じるオーディオルームのドアを閉めます。こっちの細工はもっと簡単で、二重にした紐をドアノブに引っ掛け窓の外から引っ張るだけです。ドアが閉まったところで、二重にした紐の片側を離して残りの片側から紐を手繰り寄せれば、紐は回収できます。犯人はオーディオルームのドアが閉まっていることで、密室の謎をさらに複雑にしたかったのでしょう」

瀬口は目が覚める思いで、スピーカーから流れる説明を聞いていた。考えに考えた末にさっぱりわからなかった密室の謎が、実に簡単に説明されてしまった。しかもいずれも現実的な方法で、段取りよくやりさえすればほんの数分で終わり、人に見られる心配もない。

『では、犯人は何でここまでして密室を作る必要があったのでしょうか。そこのところを名探偵、教えてください』

『アリバイ作りのためです』

西山沙綾の声がスピーカーから聞こえてきた。

『そうです。犯人はこの部屋を密室にすることによって、自らのアリバイを偽装しようとしたのです』

説明は、再び手塚の声に代わる。

『日本の警察捜査はアリバイを重要視します。どんなに怪しくても犯行現場にいられないはずの容疑者は、日本の警察は完全な白と考えます。逆に怪しくなくても犯行可能時刻に現場にいた容疑者は、徹底的に疑われます』

森が瀬口の顔を見る。瀬口はその視線に気が付かないふりをして、手塚の説明に耳を傾ける。

『そうやって警察に犯人だと決め付けられてしまえば、被疑者は逮捕され徹底的に調べられます。それがあまりに過酷なので、やってもいない事件の自白をしてしまった冤罪事件は過去に少なからずありました』

弁護士だけに痛いところを付いてくると瀬口は思った。

『犯人はこの殺人現場を密室にすることによって、偽のアリバイ作りに成功しました。犯人は確かにその部屋で西園寺沙也加、つまり西山沙綾を殺害したが、偽のアリバイがあったので警察の捜査から逃れることができました。名探偵、なぜ、そんなことができたのでしょうか』

『ポイントは、死亡推定時刻です』

再び西山沙綾の声がした。

『犯人は警察の鑑識を欺き、死亡推定時刻を誤謬《ごびゅう》させることに成功したということですね』

『そういうことです』

『人間の死体は死んだ直後から様々な変化が起こります。人は死ぬとまずはダランとした弛緩状態になります。その後、顎から首へ、そして肩、肘、股、膝と、脳から近い部分が徐々に硬直します。そして最後に足の指の硬直が始まり、死後、二〇時間で最高に死後硬直が進みます。そしてそれからは逆に徐々に硬直が解けていき、やがて硬直は完全に解けます。また死後硬直以外にも、死体は、時間の経過とともに様々に変化します。ここに犯人が偽装するチャンスがありました。では犯人はどうやって鑑識を欺いたんでしょうか』

『それは、エアコンです』

エアコン?

瀬口はリビングルームの窓の上に設置されている大型のエアコンを見上げる。

『そうです。死後硬直は周囲の温度、つまりその部屋の室温に大きく影響されます。西山沙綾の死体が発見された時、部屋のエアコンの暖房は入っていませんでした。仮にタイマーセットがしてあったとしても、その部屋のエアコンは最長で八時間しか作動できません。しかしもしもその部屋で、死体発見の直前までガンガンに暖房が効いていたとしたらどうでしょうか。死後硬直などの死体の変化は、冷え冷えとした部屋よりもかなり早く進行するでしょう』

瀬口は暖かい空気を送り続ける窓の上の大型エアコンをもう一度見上げた。

『これで皆さんも、犯人がこの部屋を密室にした理由がおわかりになったと思います。犯人はエアコンを操作して死後硬直の変化を早めることで、警察を欺くことを狙ったのです。この部屋が密室だったからこそ、警察もそのトリックを見抜くことができませんでした。死体を全裸に近い状態で放置したのも、暖かい室温で死後硬直が進みやすくなるのを意図したものです。そうですよね、名探偵』

『そういうことです』

『犯人は彼女を殺害した後に暖房を最強にしました。そして先ほど説明したトリックで部屋を施錠して出ていきます。タイマー設定は連続ですので、エアコンは絶えず暖かい空気を室内に提供しています。しかしそのままでは鑑識を欺くことはできません。犯人は死体が発見される三日の深夜までに、この密室の中のエアコンのスイッチを切らなければなりません』

瀬口は再び、窓の上のエアコンを見つめる。鍵がかかって誰も入ることのできないこの部屋で、どうやったらこのエアコンを操作できるのだろうか。

「お前、そこで何をやってる」

突然、井沢がベランダに飛び出して向かいのマンションに向かって叫んだ。

リビングにいた全員の目線が、いっせいにその先を追うと、目深に帽子を被った一人の男がスマホを片手に隣のマンションの一〇階の通路に立っていた。

「お前、手塚だな。ふざけたことは止めろ」

井沢は興奮して、向かいのマンションの男に向かって声を荒げた。

『今、ベランダに出て来たのは……井沢さんですね。変装したつもりだったのに、よく僕だと気がつきましたね。これから実験して驚かそうと思っていたのに』

向かいのマンションの男の口の動きが、スピーカーから出てくる声と一致する。間違いない。奴が手塚雄太郎だ。

『もう入ることができない密室のエアコンのスイッチを、犯人はどうやって切ることができたのでしょうか。名探偵、犯人はどうやったのですか』

『……リモコンです』

スピーカーから西山沙綾の声がする。

瀬口は向かいのマンションの通路全体を見渡した。しかし近くに人影はない。西園寺沙也加、西山沙綾は一体どこにいるのか。まさか本当に西山沙綾は生きているのか？　その手塚がこちらを見ながら手にしたスマホに喋り出す。

『そうです。犯人はエアコンのリモコンを使って暖房のスイッチを切りました。同一機種であれば、違う機械のリモコンでもエアコンは反応します。私は今日、電気屋さんからその部屋のエアコンに対応するリモコンを貸りてきました。家電のリモコンは基本的に赤外線を発して、それを感知した本体が反応します。赤外線は光ですからまっすぐにしか進めません。しかも放射状に広がってしまいます。だから皆さんも経験があると思いますが、家電製品から五メートルも離れてしまえば、なかなかリモコンでエアコンなどの家電を操作できるものではありません』

瀬口はもう一度、手塚の童顔に目を移す。いったいこいつは何者だ。稀代のペテン師か、天才的な名探偵か、それとも本当に西園寺沙也加の助手なのか。

『先ほど言いました通り、家庭用のリモコンは赤外線が放射状に広がってしまうのであまり遠くまで届きません。ましてや向かいのマンションの通路から、その部屋のエアコンをリモコンで操作するなんて、普通だったら不可能です』

手塚はスマホを肩と耳に挟んでから、右手でポケットの中からリモコンらしきものを取り出した。そして空いている左手で、また何か別のものをポケットから取り出そうとしている。

『でも、これを使えば可能になります』

そう言って手塚が取り出したのは、おじいちゃんが新聞を見る時に使うような大きな虫眼鏡だった。

『この虫眼鏡の凸レンズを使って広がってしまう赤外線を集中させます。そうすれば遠くの家電でも、リモコンを使って操作できるようになります。しかしそこまではかなりの距離がありますから、さらにもう一つレンズを通せば、望遠鏡のような構造となり、かなり遠くの家電までリモコンの赤外線を送ることができます。赤外線は光ですから、カーテンが掛かっていない透明なガラスは問題なく通過します』

手塚はポケットからリモコンを取り出し、その先に虫眼鏡を構える。

「仮にリモコンの光が届いたところで、窓際のエアコンに届くはずがないだろう。西園寺沙也加が生きているなど、いい加減なことを言うな。今すぐこっちに来て事情を説明しろ」

井沢が激昂《げきこう》してそう叫ぶ。

『その声は……、やっぱり井沢さんですね。焦らないでください。ちゃんと実験が終わったらそちらへ行きますから。それより井沢さん。鏡の前に立ちはだかるのをやめてくれませんか』

井沢は、声にならない声を呑み込み、鏡の前から移動する。

『井沢さんの言う通り、その部屋のエアコンは窓側に付いていますので、虫眼鏡で絞ったところで赤外線を直接エアコンに当てることはできません。しかし、何度も言うように赤外線は光です。光は鏡に当たれば反射します。リビングに立てかけてあるその鏡に、この虫眼鏡で絞った赤外線を反射させると……』

リビングのエアコンがピッという音を立てる。今まで暖かい空気を送り出していた排気口が、ゆっくりと閉まっていく。

奇跡が起こったような気分、または上等なトリックを見る気分だった。リビングの六人に声はなく、音がしなくなったエアコンを呆然と見つめていた。一人、井沢だけが、忌々《いまいま》しそうに向かいのマンションの手塚を睨みつけていた。

『秘密の暴露という言葉があります』

一瞬の静寂の後、再びスピーカーから手塚の声が聞こえてきた。

『犯行現場の細かい状況や凶器の処分方法など、犯人だけしか知らない秘密を吐露してしまうことで、その言動そのものが決定的な証拠となります。虫眼鏡を使ったリモコンの遠隔操作、いち早く私がこの向かいのマンションにいることを指摘したのは……、やっぱり、井沢さんでしたね。井沢さんは、どうしてここに私がいることがわかったのでしょうか』

矢嶋はその時、秋葉原FMの第七スタジオのミキシング卓に座っていた。スタジオの大きなスピーカーからは、手塚と『メゾン・ド・秋葉原』一〇〇五号室とのやりとりが聞こえていた。既に井沢が怪しいことはわかっていたので、その会話の結末に矢嶋が驚かされることはなかった。

西園寺沙也加、西山沙綾を生き返らせ、真犯人を追い詰めるために、矢嶋と手塚は次のような方法を思いついた。

ラジオ局のスタジオは、リスナーからの電話の音声を放送に生かせるように、スタジオのミキシング卓に一般の電話回線が直結している。そしてミキシング卓にはサンプラーも繋がっている。

手塚が生放送の時に異常なまでの興味を示したあの機械で、放送に使用するステッカー（ジングル）やファンファーレ、ピンポーン、ブーなどの効果音をボタン一つで再生できる。そのサンプラーに新たに生前の西山沙綾のセリフを取り込み、簡単に再生できるようにした。

『西園寺沙也加です』

『漫画家の西園寺沙也加です』

『はい、そうです』

『信じるかどうかは、あなたにお任せします』

『お知らせしたいことがあります』

『犯人がわかりました』

『明日の一時に、事件現場に来てください』

昨日、関係者を一〇〇五号室に呼び出す時に使ったのがこの七つのセリフだった。

スタジオから、瀬口、石丸、井沢、森の携帯に電話を掛け、この七つのセリフを再生した。当然、質問をされたり、会話を遮ったりされることもあったが、そこは有無を言わせずに一方的にセリフを聞かせて、ばれないうちに電話を切った。

この七つのセリフを過去の放送のテープから切り出すために、ここ数日間は矢嶋は編集ソフトと格闘していた。


「時刻は**一時**になりました。

こんばんは、**漫画家の西園寺沙也加です**。

いつも番組を聴いてくださってありがとうございます。いや、ありがとうございました、というのが正しいのでしょうか。

今日は何日なのでしょうか。この声が流れているということは、私、西園寺沙也加はもう死んでしまったか、それに近い状態にあるということです。私は先日、婦人科系のがんの手術を受けました。それから早くも一か月近く経ちますが、もしもの場合を推定しこの遺言テープを録音することにしてみました。そして、それを信頼する弁護士に渡して、もしも私に万が一のことがあった時は、このラジオで公表するようにお願いしておきました。

このテープを録音したポイントは二つあります。ひとつはリスナーの皆さんへ、ありがとうの言葉を伝えるためです。漫画家としてたくさんの作品を残してきましたが、私にはアシスタントという助手がいません。自宅は仕事場という密室です。一人で漫画を描くというのはとにかく辛く孤独な作業なのです。さらに私の作品はオカルトっぽいものが多いせいか、漫画をろくに読んだこともない人達からいわれなき誹謗中傷を受けたりもし、心が折れそうになった日もありました。しかしラジオという媒体でパーソナリティをやるようになって、お忙しい中リスナーの皆さんからのメールや手紙をいただいて、一緒に番組を作っていく物作り本来の面白さを実感することができました。皆さんと共有したあの時間は私の宝物でした。本当にありがとうございました。

そしてもう一つ**お知らせしたいことがあります**。いいえ、お知らせしなければならないことがあります。これを裏切り行為と取られると私としては辛いのですが、西園寺沙也加という漫画家は実は二人いるのです。例えさせていただくのも恐れ多いですが、漫画家の藤子不二雄先生みたいなものと考えてもらえれば幸いです。**そうです**。数々の素晴らしい作品を生み出した漫画家・藤子不二雄先生は、藤子・F・不二雄先生と、藤子不二雄Ⓐ先生の共同ペンネームです。作者が二人いてそれと同名の探偵が活躍するというところでは、エラリー・クイーンという大巨匠がいますが、最近の若い方々はよくわからないようなのでとっても残念です。

ちなみに西園寺沙也加というペンネームは、主にアイデア担当の私、本名で西山沙綾と申しますが、その私と、主に作画担当の私の妹、西山瑠加の二人の名前からつけたものなのです。

私がタレント活動をする一方で妹は大のマスコミ嫌いだったために、いつの間にか西園寺沙也加という漫画家は私一人のようなイメージが定着してしまったのです。ここでは詳しいことは申し上げませんが、もっと早くそのことを説明した方がよかったのかもしれません。本当に申し訳ありません。

　そういうわけで、今後も漫画家・西園寺沙也加は活動を続けることと思いますし、その代表作である『名探偵・西園寺沙也加の事件簿』の中でも、名探偵・西園寺沙也加は活躍してくれると思います。色々な人から「**事件現場に来てください**」と依頼される度に、怪事件を推理して「**犯人がわかりました**」と自信たっぷりに真犯人に言ってくれることでしょう。もっともそれを解く鍵は私の妹・西山瑠加次第ですが、彼女はきっとやってくれると思います。

　瑠加、あなたには才能があります。あなたの才能はお絵かきロボットで終わるものではありません。**明日の**西園寺沙也加は、あなたに懸かっているんですよ。

　しかしリスナーの皆さん、残念ながらこのラジオだけはお仕舞です。瑠加にはこのラジオはできないでしょう。本当に申し訳ありません。

　それでは皆さんお別れです。

　でもそんなに悲しまないでください。**信じるかどうかはあなたにお任せします**が、どうせ皆さんもいつかはこちらに来るんです。**はい**、それでは、天国でまたお会いできる日を楽しみに。……西園寺沙也加こと、西山沙綾でした」

ラジオディレクターの矢嶋としてはこの程度の編集はごく簡単な作業だったが、今日行った謎解きの手塚と沙也加のやり取りは、技術的にはもう少し複雑でさらに入念な準備が必要だった。

今日はまず、矢嶋のいる第七スタジオから手塚のスマホに電話を繋ぎ、手塚が生で喋る音声をミキシング卓に上がるようにしておく。そしてその第七スタジオから、今度は『メゾン・ド・秋葉原』一〇〇五号室に電話を掛け、その音も同じミキシング卓に入れておく。こうして電話をすれば、当事者同士は普通に電話をしているつもりでも、この第七スタジオでその会話のすべてが聞けてしまう。

そしてそこにタイミングよく、サンプラーに入れておいた沙也加のセリフを再生させる。

『西園寺沙也加です。今日はお忙しい中、申し訳ありません』

『私が死んで、もう一か月近く経ちますが、真犯人がわからないようなので推理してみました。犯人はこの中にいます』

『この事件のポイントの一つは密室です。それを解く鍵はロボットとヒモです。詳しいことは助手が申し上げます』

『アリバイ作りのためです』

『ポイントは、死亡推定時刻です』

『そういうことです』

『それは、エアコンです』

『……リモコンです』

手塚の謎解きのために、今日使った沙也加のセリフはこの八つ。

矢嶋と手塚は、謎解きの会話が破たんしないように事前に台本を作った。

そして手塚のしゃべりに合わせてスタジオで矢嶋がサンプラーのボタンを押す。すると、『犯人はこの中にいます』『そういうことです』『それは、エアコンです』などの彼女のセリフが再生される。それらのセリフはミキシング卓で同じ音量レベルでミックスされかつ電話回線で送るので、一〇〇五号室で電話を聞いている人たちには、どこかで手塚と生きている西園寺沙也加が直接会話をしているようにしか聞こえない。

何か予期せぬ事態が起こった時のために、関係者を呼び出す時に使った七つのセリフも同じサンプラーに入れたままにしておいた。七プラス八、合計一五のセリフが同じサンプラーの中にあり、これら一五のセリフに対し一五個のボタンが紐づいていた。

矢嶋はスピーカーから流れてくる手塚の声と、手元の原稿と睨めっこしながら目の前のボタンを押していった。なるべく使用する順番にそってセリフを並べておいたが、間違って隣のボタンを押してしまえば会話は一気に崩壊し、このからくりがばれてしまう。矢嶋は心臓をばくばくさせながらボタンを押しているのに、手塚が台本を無視したり、さらに井沢が会話を止めたりするので、何度もボタンを押し間違いそうになり肝を冷やした。

しかしなんとか台本通りにことが進み井沢の容疑が深まったので、矢嶋は安堵の胸をなでおろす。

関係者を呼び出した七つのセリフは比較的短かったので、複雑な編集をせずに作ることができた。しかし問題なのは、事件の謎解きをするために、手塚との会話に使ったの次の八つのセリフだった。


『西園寺沙也加です。今日はお忙しい中、申し訳ありません』

『私が死んで、もう一か月近く経ちますが、真犯人がわからないようなので推理してみました。犯人はこの中にいます』

『この事件のポイントの一つは密室です。それを解く鍵はロボットとヒモです。詳しいことは助手が申し上げます』

『アリバイ作りのためです』

『ポイントは、死亡推定時刻です』

『そういうことです』

『それは、エアコンです』

『……リモコンです』

これらのセリフも、やはり番組最終回の遺言メッセージから切り取った。


「時刻は一時になりました。

こんばんは、漫画家の西園寺沙也加です。

いつも番組を聴いてくださってありがとうございます。いや、ありがとうございました、というのが正しいのでしょうか。

今日は何日なのでしょうか。この声が流れているということは、私、西園寺沙也加はもう死んでしまったか、それに近い状態にあるということです。私は先日、婦人科系のがんの手術を受けました。それから早くも一か月近く経ちますが、もしもの場合を推定しこの遺言テープを録音することにしてみました。そして、それを信頼する弁護士に渡して、もしも私に万が一のことがあった時は、このラジオで公表するようにお願いしておきました。

このテープを録音したポイントは二つあります。ひとつはリスナーの皆さんへ、ありがとうの言葉を伝える**ためです**。漫画家としてたくさんの作品を残してきましたが、私にはアシスタントという**助手**がいません。自宅は仕事場という**密室です**。一人で漫画を描くというのはとにかく辛く孤独な作業なのです。さらに私の作品はオカルトっぽいものが多いせいか、漫画をろくに読んだこともない人達からいわれなき**誹謗**中傷を受けた**りもし**、心**が**折れそうになった**日も**ありました。しかしラジオという**媒**体でパーソナリティをやるようになって、**お忙しい中**リスナーの皆さんからのメールや手紙をいただいて、一緒に番組を作っていく物**作り**本来の面白さを実感することができました。皆さんと共有したあの時間は私の宝物でした。本当にありがとうございました。

そして**もう**一つお知らせしたいことがあります。いいえ、お知らせしなければならないことがあります。これを裏切り行為と取られると私としては辛いのですが、西園寺沙也加という漫画家は実は二人いるのです。例えさせていただくのも恐れ多いですが、漫画家の藤子不二雄先生みたいなものと考えてもらえれば幸いです。そうです。数々の素晴らしい作品を生み出した漫画家・藤子不二雄先生は、藤子・F・不二雄先生と、藤子不二雄Ⓐ先生の共同ペンネームです。作者が二人いてそれと同名の探偵が活躍するというところでは、エラリー・クイーンという大巨匠がいますが、最近の若い方々はよくわからないようなのでとっても残念です。

ちなみに西園寺沙也加というペンネームは、主にアイデア担当の私、本名で西山沙綾と申しますが、その私と、主に作画担当の私の妹、西山瑠加の二人の名前からつけたものなのです。

私がタレント活動をする一方で妹は大のマスコミ嫌いだったために、いつの間にか西園寺沙也加という漫画家は私一人のようなイメージが定着してしまったのです。ここでは詳しいことは申し上げませんが、もっと早くそのことを説明した方がよかったのかもしれません。本当に申し訳ありません。

そういうわけで、今後も漫画家・西園寺沙也加は活動を続けることと思いますし、その代表作である『名探偵・西園寺沙也加の事件簿』の中でも、名探偵・西園寺沙也加は活躍してくれると思います。色々な人から「事件現場に来てください」と依頼される度に、怪事件を推理して「犯人がわかりました」と自信たっぷりに真犯人に言ってくれることでしょう。もっともそれを解く鍵は私の妹・西山瑠加次第ですが、彼女はきっとやってくれると思います。

瑠加、あなたには才能があります。あなたの才能はお絵かきロボットで終わるものではありません。明日の西園寺沙也加は、あなたに懸かっているんですよ。

しかしリスナーの皆さん、残念ながらこのラジオだけはお仕舞です。瑠加にはこのラジオはできないでしょう。本当に申し訳ありません。

それでは皆さんお別れです。

でもそんなに悲しまないでください。信じるかどうかはあなたにお任せしますが、どうせ皆さんもいつかはこちらに来るんです。はい、それでは、天国でまたお会いできる日を楽しみに。……西園寺沙也加こと、西山沙綾でした」


かなり苦しい部分もあった。

『ロボットとヒモです』の「紐」部分は、「心が折れそうになった日も」の「日も」の部分を使ったが、アクセントが完全に違うので聴感上はあきらかにおかしかった。そこで「ひ」の一文字は「ひとつは」の「ひ」から切り取って解決した。『死亡推定時刻』も、「推定し」と「誹謗」の「謗」の音を使い作ってみたがやはりちょっとだけ変だったので、面倒だったが「死んで」の「死」に差し替えると自然な発音となった。

その他、「は」「に」「と」「が」など一文字単位の細かい助詞の編集も繰り返したが、一番苦労したのは、エアコンとリモコンの二つの言葉だった。

『それは、エアコンです』は、『それは＋皆さんへ、ありがとう＋今後も＋です』の太字の部分を繋げた。

『……リモコンです』は、『……心が折れそうになったりもしましたが＋今後も＋です』の太字の部分を繋げるなど、かなり細かい編集テクニックを必要とした。この「リモコン」だけは聴いた感じ違和感があったが、さすがに最後のセリフだったのでなんとか誤魔化せたようだった。

　かなり強引ではあったが、デジタル編集ソフトの進歩と先輩から徹底して教え込まれたテクニックで、なんとかそれらしくすることができた。そのために何百回もメッセージを聴き直したので、矢嶋は最後にはこの遺言メッセージをすべて暗記してしまったほどだった。

エピローグ

たった二日の取り調べで井沢は自白した。

井沢は漫画家の西園寺沙也加の担当編集となった頃から、長らく西山沙綾と男女の関係にあったそうだ。しかし矢嶋と沙綾が付き合いだすと同時に二人の関係は終わり、さらに仕事のパートナーとしても決定的にうまくいかなくなった。

例の幼女監禁事件が起こった時、井沢が事件を本の販促に徹底的に利用しようとしたことが、沙綾には許せなかったそうだ。さらに井沢は沙綾と別れた直後に、今度は妹の瑠加と付き合いはじめた。どうやら結婚の約束まで取り付けていたらしかった。

瑠加の漫画家としての才能を高く見抜いていたこともあり、井沢はやがて西山沙綾さえいなくなれば、漫画家・西園寺沙也加を独占できると考えた。結果的に、姉の沙綾が死んだ後も漫画家・西園寺沙也加の人気が衰えず、それどころか生前よりも人気が上がっていることから、井沢の考えは間違ってはいなかった。

沙綾は二人の交際に反対した。

井沢の漫画編集者としての姿勢を問題視したのか、それとも自分を捨ててよりによって妹に走った井沢を女として許せなかったのか、交際に反対した本当の理由は沙綾本人にしかわからない。

一方で井沢は、沙綾がライバルの漫画出版社に過去の『名探偵・西園寺沙也加の事件簿』シリーズも含めて、版権をそっくり移すという話が実際に持ち上がっていることを察知する。

そこで井沢は犯行を決意する。

井沢は、矢嶋が誕生日プレゼントに沙綾から黄色いネクタイをもらったことを知っていた。しかしそのネクタイがいつの間にか沙綾のマンションにあり、秋葉原の居酒屋でそれをぞんざいに扱われたので、沙綾が怒って自宅に持ち帰っていたことも彼女から聞いていた。

井沢はそれを凶器に使うことを思い付く。

さらに一二月一日の午後一一時過ぎに、矢嶋が沙也加の部屋に来ることも、彼女から聞いていた。そして翌日手袋をして犯行に及び、すべての罪を矢嶋に背負わせることにあともう一歩のところまで成功したが、手塚という風変わりな弁護士の登場により事態は急変してしまった。

「以前申し上げた通り、これが作られた密室なのか、それとも偶然できてしまった密室なのか、それによって推理の流れが大きく分かれるんですよ」

成功報酬を渡そうと、矢嶋は手塚を喫茶店『ナツメ』に呼び出した。

手塚は頑なにそれを受け取ろうとしなかったが、「じゃあ成功報酬ではなく、探偵料だと思って」と矢嶋が言うと、「それならば遠慮なく」とあっさり封筒を内ポケットに収めてしまった。

「手塚さん。この事件は作られた密室ですよね。作られた密室だと、どういう推理の流れになるのですか」

矢嶋はホットコーヒーに砂糖を一杯注ぎながらそう訊いた。

「密室が意図的に作られたものならば、矢嶋さんと森さんが犯人のはずがないんです。死体の第一発見者として、まず疑われるのは二人ですから。さらに矢嶋さんにいたっては、凶器に自分が持っていた黄色いネクタイまで使用されてる」

「つまり犯人は、僕や森さんを陥れるために密室を作った」

「そうです。マンションの住人による犯行も同様で、あの部屋を苦労して密室にする必要はありません。さらに変質者やアンチなどの第三者に至っては、あの密室状態だったマンションに入り込むだけで一苦労です」

「なるほど。そういう考え方ですか」

そう言いながら矢嶋はコーヒーを一口啜った。香ばしい香りが鼻から口腔いっぱいに広がっていく。

「これが本当に作られた密室であるとするならば、それによってメリットを受けるのは、アリバイが確実にある人達です。そしてそもそもそんな密室を作れる人間は、ミステリーのプロに限られます」

「井沢さんと、瑠加さんですね。しかし、なんであれが作られた密室だとわかったんですか」

「あの一〇〇五号室のオーディオルームに、矢嶋さんと一緒に入った時に気が付いたんです」

「え、あの時ですか」

「あの部屋には、たくさんのリモコンが置かれていましたが、その中にお掃除ロボットのリモコンも置かれていました。しかも窓のすぐ近くにです」

「そうだったんですか」

「それでこの密室が、お掃除ロボットを使ったトリックの可能性があると思いました。そしてさらに、矢嶋さんがリビングでエアコンのリモコンを探していたのに、なかなか見つからなかったのを見てピンと来ました」

「え、僕？　そんなことをしてましたっけ」

「ええ。人間の記憶というのは曖昧なものですから、矢嶋さんが覚えていないのも当然です。しかし私はその時、リビングのエアコンのリモコンがその部屋にないことに、ちょっとした違和感を覚えたんです」

「そうだったんですか。それでエアコンのリモコンはどこにあったんですか？」

「あのオーディオルームです。その時、エアコンのリモコンも、何かのトリックに使われたのではと閃きました」

「そうだったんですか」

　同じ現場にいても、矢嶋は全くその事実に気が付かなかった。

「そしてこの事件が、リビングのエアコンを使った死亡時間の偽装を狙ったものではないかと思い至ったのです」

「なるほど」

「はい。矢嶋さんは結構いいヒントを僕に与えてくれてるんですよ。あのサンプラーを使うアイデアだって、矢嶋さんじゃなければ思い付きませんから」

「まあ、ラジオディレクターっていうのは、いつも変なことを考えている人種ですからね。しかし手塚さん。井沢さんが動揺したんで、何とか秘密の暴露にはなりましたが、僕たちはラッキーなだけだったかもしれませんね」

「そうですね。井沢さんが犯人だったから、あのサンプラーのアイデアは有効でした。もしも口の利けない瑠加さんが犯人だったら、いくら西園寺沙也加を生き返らせても、秘密の暴露はされなかったでしょうからね」

手塚は美味しそうに目の前のアイスココアをストローで啜る。矢嶋も白いカップに注がれた熱いコーヒーを口にする。

「ところで手塚さんは、西園寺沙也加、つまり西山沙綾自殺説というのは、最後まで考えなかったんですか」

「まあ、考えたこともありました。あれほどのミステリー作家、名探偵ですからね。しかし本人がネクタイを使って自分の首を絞めることはできないので、その説は途中で捨てました」

「そうですか……」

手塚の吸っていたアイスココアのグラスがズズと音を立て、中に入っていた氷が躍った。

「あれ？　矢嶋さん。何か気になることでもあるんですか」

「うーん。まあ、手塚さんもご存じですが、例のセリフを作るために、僕はあの遺言メッセージを何回も聞いたじゃないですか」

「そうですね。それは本当にご苦労様でした」

「本当にあれらのセリフを作るために、時には逆回転までさせて、僕は何回も何回もあのメッセージを聞いたんです」

「そうだったんですか。そこはさすがにプロだなと思って感心しましたが」

「それでね。あのメッセージの後に、意味不明なハングル語みたいな呪文のようなノイズがあったじゃないですか」

「ああ、ありましたよね」

「これですが」

そう言いながら、矢嶋はパソコンの編集ソフトからその謎のノイズを再生する。

『やスジ□□りや、エン□リ□ね、アサー□□シラ、メン□ソラジャン。わあ□□アノ、□み□ゥオー、いでアノー□むす□アグねっしぃ、エど□こ。せ□ヤウエ□こんデソン、□べね□ビッチ、サムーが□ヤダ□しぇる。おな□だ□ーんのお、えーな□テチユゾーの□、まさぁ□さ。イーサイ、えー□みんさん、せドイ□つせっせすみや、ア□ガ□ににしさ』

「やっぱり変なノイズですよね。何度聞いても、さっぱり意味がわかりませんよね」

「それがピンときたんですよ」

「ピンときた？」

「これは何かを逆回転させている音だって」

「えっ、逆回転？　それは本当ですか」

「はい」

「手塚さん。あの遺言メッセージは、沙也加に何かあったら秋葉原ＦＭに届けるように言われていたんですよね」

「ええ。正確には、秋葉原ＦＭの矢嶋ディレクターに直接、手渡すように言われていました。もちろん封をしてありましたから弁護士の僕でも聴けませんし、聴いた後でもダビングを取ることは厳禁だと言われていました」

「そうでしたか……」

矢嶋は大きくため息を吐いた。

『あなたと結婚するメリットがないから』

プロポーズした時に、矢嶋は沙也加にそう言われて愕然《がくぜん》とした。二人の関係から、断られるとは微塵も思っていなかったからだ。

『じゃあ、なぜ僕と付き合っているの？』

その時すかさず、矢嶋はそう訊ねた。

『別に結婚なんかしなくてもいいじゃない。わたしはあなたを愛しているし、あなたもわたしを愛してくれてるんだから』

そう言ってにっこり微笑んだ沙也加のことを思い出した。

「矢嶋さん。どうしたんですか。本当にそのノイズは何かの逆回転だったんですか」

「聞いてみますか？」

手塚は黙って首を縦に振った。

矢嶋はさっきのメッセージを逆回転で再生する。

『私のがんが再発してしまったようです。末期なので、もう助からないかもしれません。ヤッシー。プロポーズしてくれて本当にありがとう。嬉しかったよ。がんが再発していなければ、もちろん答えはイエスだったよ。ところで、密室に関する最高のアイデアを思い付きました。このアイデアは、担当編集の井沢さんに教えちゃったから、殺されちゃうかもしれないね。西園寺沙也加』

本書は書き下ろしです。
この物語はフィクションです。作中に同一の名称があった場合でも、
実在する人物・団体等とは一切関係ありません。

宝島社
文庫

ちょっと一杯のはずだったのに
（ちょっといっぱいのはずだったのに）

2018年6月20日　第1刷発行

著　者　志駕 晃
発行人　蓮見清一
発行所　株式会社 宝島社
〒102-8388　東京都千代田区一番町25番地
電話：営業 03(3234)4621／編集 03(3239)0599
http://tkj.jp
印刷・製本　中央精版印刷株式会社

ISBN 978-4-8002-8528-7